P.S. 致對謊言微笑的妳

P.S. To You who smiled at the SORAGOTO

Kadokawa Fantastic Novels

「如果想待在他身邊，
該怎麼做才好？」
風間遙香
隱藏本性的模範生美少女。
過去改寫之後與正樹重逢。

「我不想再走出這裡了。
出不去了。」
「我最討厭什麼
盡心盡力了，
實在讓人吃不消。」
長部由美
就讀高中一年級，喜歡超自然
現象，正樹的青梅竹馬。在園
遊會擔任話劇主角。
宮島莉嘉
與遙香同年級的少女。
過去與正樹及由美有過交情，
然而——

「……………」
「由美，可以借點時間嗎？」
兩人睜圓了眼睛，只是一語不發。
一股尷尬的寂靜。
「……請您慢慢享受。」

ばけ屋敷
やってます！
4階
等一下扁你。
如果聚集這麼多人，
當中一定會有幾成的人
陰錯陽差走進鬼屋。
正樹滿意地連連點頭。

「……妳還真的要住這裡喔。」
「我有聯絡過家裡了。」
篠山正樹
重回棒球隊的高中少年。得到能接收未來訊息的手機。

兩床被褥隔著一段距離
鋪在地上，
時鐘的秒針滴滴答答地走著。
那聲音聽起來比平常更清晰，
肯定只是錯覺。
怦通怦通，
胸口不斷傳來急促的鼓動，
肯定也是錯覺。

目錄

P.S.致
對謊言微笑的
妳
2
P.S.
To You who smiled at the SORAGOTO

彩頁／內文插畫　美和野らぐ

付出心力會被周圍的人期待，同時自己也心生期待。
努力獲得回報的未來。理想中光明的未來。
懷抱著夢想中的未來而心跳加速，為了實現目標不斷地付出心力。
最後就會發現那只是剎那間的虛幻夢想。
擺在眼前的結果並非想像中的未來，而是殘酷的現實。
心血付諸流水，努力沒有回報。
只有悲慘的結果永久留存。
人就是在這之中學習成長的。
到頭來只有一些成功者的努力有獲得回報。
絕大多數的人不會得到成果，只是無聲消失。
無論再怎麼努力，最後都只是白費力氣。
儘管耗盡心力去做，也不會得到結果。

每當重複這過程，自信便化作輕煙消散，愈來愈討厭自己。

母親總會安慰說：

真是可惜啊，不過下次一定沒問題，更努力一點吧。

但是安慰的背後總藏著失落的嘆息。

既然如此，不要努力比較好，不是嗎？反正不會有回報。努力也只會讓自信消失、讓母親失望。

自從發現這件事之後，就覺得再也別為任何事努力了。

◇

「我今天一定會把正樹投的球一棒敲出去。」

「真有自信啊，由美。」

「因為有莉嘉陪我一起練習揮棒啊。」

小學的時候，由美有個大她一歲的死黨名叫莉嘉。

什麼事都能問她，她什麼都願意回答，在由美心目中她就像親姊姊一樣。

「由美很努力練習呢。」

「超努力的喔。」

莉嘉對著得意洋洋的由美說：

「由美，妳真的努力練習過了對吧？」

「當然啊。」

「那如果妳今天沒打到怎麼辦？」

「咦……？」

「如果沒得到想要的結果，之前的努力就都白費了。我可以相信由美一定能辦到嗎？可以期待嗎？」

「……」

那一天，由美甚至連球棒都沒揮出去。和莉嘉一起努力練習，所以一定要打中、非得打中不可，不然一切都沒有意義。每當由美如此告誡自己，詛咒的強度便隨之增加，彷彿血管中灌了鉛一般，渾身上下、從腳底到指尖都動彈不得。腦子就像貧血那樣空白，眼前景物泛白，一直持續到由美走下打擊區。

腳步蹣跚地從打擊區回到場邊，莉嘉正等著她。

「別太在意啊，由美。」

溫柔的安慰後，她接著這麼說：

「努力了卻還是白費功夫，這種事常有。」

妳沒有滿足我們的期待，妳這個人就是這樣。

最信任的死黨口中說出的這句話，彷彿是這個意思。

那樣的無力感化作一道傷痕，一直刻印在由美的心底束縛著她。

1・邂逅與重逢

我在客廳看著那則新聞。

某個小鎮上的某處發生山崩，土石襲擊一棟民房，所幸無人傷亡——主播以平淡的口吻如此報導著。

我沒有任何想法地看著螢幕，沒有犧牲者的山崩與我無關，不需特別留意——此時我是這麼認為的。

不過腦海某處總覺得有哪裡不對勁。

自己似乎忽略了什麼、遺忘了什麼。

雖然那朦朧不清的感覺讓我不太舒服，最後我還是決定忽略它。

既然想不起來，那應該不怎麼重要吧。

電視已經轉往下一則新聞。

像是要抹去剛才低沉的氣氛，畫面播放著開心的話題。

某地的高中田徑大賽上，過去曾經負傷又重新站起的女高中生奪得優勝，現在正在接受採訪。她說著「自己能得到這樣的成果都要感謝父母和朋友」這種耳熟能詳的標準發言。

我關上電視回到房間，按照平常的習慣開始做學校指定的功課。在學校我是個認真的學生，自然不能疏於課業上的努力，周圍的人也對我抱持這樣的期待，我也為了不背叛那份期待而努力著。

我知道期待遭到背叛的心情。

之前我對別人也有期待，是筆友在明信片上描述愉快的高中生活。我對那樣的生活懷抱憧憬，最後對方卻告訴我那一切都是謊言，讓我徹底失望。

正因如此，我更不能背叛其他人對我的期望……

瞬間，我倒抽一口氣。

剛才電視上那則山崩新聞，發生山崩的小鎮鎮名感覺似曾相識。

我立刻拉開衣櫃，尋找記憶深處的東西，究竟是收到哪去了？一一翻找收納用的袋子和盒子，終於找到了。總共八張的明信片。拿著那八張明信片，我開啟電腦並連上網路，找出跟剛才那則山崩新聞有關的消息。

「……果然沒錯。」

難怪我對發生山崩的小鎮鎮名會有印象。

那就是七年前的筆友——篠山正樹當時居住的小鎮。而其中一張明信片——內容最詭異噁心的那張，恰巧與這次的事件相符。

這是偶然嗎？或者……

如果不是偶然，那就等於七年前收到的明信片預知了未來，真的能相信嗎？

就在這時，我發現所有明信片上都貼著兩圓郵票，察覺了某種可能性。

荒誕無稽，毫無現實性可言的假設。

但我無法忽視。

所以決定親自去確認。

當氣溫逐漸降低，映在眼中的風景顏色不再鮮豔，之前碧藍的天空顯得有些泛白，原本濃烈的綠葉氣味也跟著收斂，吵雜刺耳的蟬鳴現在也成了過往記憶中的一幕。

在這樣的十月某個星期天。

剛剛才與她第二次「邂逅」，篠山正樹在自己房裡急急忙忙脫下棒球隊的制服、換上便服。現在正在外頭等候的她說有很多問題想問，問題的內容正樹心裡也有數，於是拜託她給自己一點時間換衣服，連忙回到房間。就在他要褪下制服時，突然察覺自己渾身的汗臭味，畢竟剛剛才結束棒球隊的練習，這也是沒辦法的事，不過正樹可不想就這樣與她長談。

正樹手拿著要更換的衣物來到一樓的浴室，在更衣間迅速褪下制服塞進洗衣機，直接開啟電源、按下洗衣鈕。

棒球隊制服平常就是正樹自己洗，一連串的動作相當流暢，但今天跳過了一個步驟。平常的他總會先在浴室將沾在制服上的汙泥沖掉再放進洗衣機，但今天就先省略了。其中一個原因是今天制服不算太髒，另一個就是因為她正在門外等候，讓正樹心裡著急。

「喂，正樹，在外面等的那個人是誰啊？」

少女的聲音，而且語氣中帶著一絲慍怒。

轉頭一看，發現更衣間的門開了一條細縫，門縫間有隻看起來不大愉快的眼睛。

青梅竹馬長部由美就這麼大剌剌在門外偷窺。

「喂——妳幹嘛啦！」

正樹連忙將浴巾綁在腰間，打算拉上門卻無法如願，由美在另一頭撐著門縫。這少女纖瘦的手臂怎麼這麼有力？

「欸，正樹，那個人是誰啊？」

由美用與剛才相同的語氣再次問道。

「是誰又不關妳的事。總之妳先讓我關門。」

「我很想知道耶，非常好奇耶～～」

「我知道了啦，之後再跟妳解釋，現在先讓我關門！拜託！」

關。

經過一番折騰好不容易關上門，正樹焦急地加快動作沖去一身汗水，換上便服後跑向玄

打開大門，再度與她面對面。

「好了嗎？」

她——風間遙香轉身問道，一頭長髮隨之揚起。

大約一個月前突然出現在眼前的少女。在這鎮上只有篠山正樹沒有印象的少女，當初她在正樹就讀的高中是容貌亮麗、成績優秀的校園偶像級人物，而且不知為何沒有人對她的存在懷有疑問。但那些全都是她的偽裝，真面目是個言詞毒辣的雙面人。篠山正樹因為一件意外與她開始假裝交往後，原本漫無目的的日常生活變調，之後經過一波三折解開了這一連串的謎團，與她之間經歷的一切也都歸零。

無論是和她之間的回憶，或是對她的心意。

但實際上並非如此。

自己的心意確實傳遞到她的手上，這讓正樹感到欣喜……

「欸，你要讓我在這裡站到什麼時候？我想早點進入正題。」

一不小心落入感傷，遙香顯露幾分煩躁。

正樹甩了甩頭轉換情緒。

「知道了，要去哪裡談？」

「這裡不就好了？」

遙香這麼說著，指向篠山家。

「咦？可以喔？」

「為什麼不行？不方便嗎？」

「呃，我是無所謂啦……」

「因為你家人在吧？那不就沒什麼問題嗎？」

「啊，難怪。」

過去的風間遙香拒絕在篠山家與正樹談話，當時的理由是要提防篠山正樹，所以他實在沒想過遙香會主動提出這樣的要求。

不過聽了遙香的理由，正樹也恍然大悟。

「那就進來吧。」

這還是第一次讓遙香踏進家門。當初一起上學時，雖然是她過來篠山家接正樹，但也只是在玄關等，就這角度來看還滿新鮮的。

在正樹的招呼下，遙香跨進篠山家的大門。此時正樹的母親探頭一看，目睹走進家門的訪客便迎上前來。

「哎呀呀，是正樹的朋友？還是……」

笑臉盈盈的母親笑得別具深意，正樹不禁覺得自家老媽實在很麻煩。

遙香一如往常戴上面具，以模範生般標準的動作低下頭。

「我叫風間遙香，平常受到篠山同學的照顧了。」

看來她也不至於說兩人今天才第一次見面吧。

遙香的應對讓正樹放心地鬆了口氣。母親說：「之後再端些吃的去你房間。」正樹隨口回應後領著遙香來到二樓自己的房間。

「來，坐墊。」

正樹遞出房內唯一的坐墊，自己則坐在地上。遙香好奇地掃視房內，好半晌後才在坐墊上坐下。

「……」

「……」

一陣沉默。

雖然有很多話想說才面對面坐下，但真正坐下後又有千頭萬緒不知該說些什麼。她大概想知道事件的全貌吧？但正樹卻不知該從何開始說起。

回想起來，之前也有一次像這樣跟她面對面卻又開不了口的經驗。那次是和遙香一起到咖啡廳的時候，當時是她先打破沉默的，那麼這次當然就該……

「那個——」

正樹下定決心開口的同時，區隔房間與走廊的拉門倏地被拉開。正樹轉頭一看，發現由美正站在房門口，手上的托盤上擺著飲料和點心，看來應該是代替正樹的母親幫忙將茶點送到房間。

由美將托盤放在遙香與正樹之間，隨後就坐在一旁。為什麼她會滿臉笑容地坐在旁邊啊？遙香對一頭霧水的正樹說道：

「那個，篠山同學，可以請你幫忙介紹嗎？」

「呃，她是我從小認識的鄰居，小我一歲，名字是……」

「我叫長部由美。」

由美搶先自我介紹，緊接著說：

「話說，請問風間小姐和正樹是什麼關係啊？」

「咦，什麼關係，這個嘛……」

「這意思是沒辦法回答，還是不方便回答？」

「呃……」

「風間小姐應該不住在這個鎮上吧？畢竟從來沒見過面。那妳是怎麼和正樹認識的？話

說，風間小姐上的是哪間高中啊？」

「呃，我讀的是鄰鎮的學校……」

遙香一臉困擾。

正樹緩緩站起身，一把握住由美的手臂硬是把她拖出房間。這個青梅竹馬無法接受地大喊大叫，但正樹不理會她硬是關上房門。

「搞定。」

總之先把礙事的傢伙趕出去，接著就能坐下來談了。

「你們感情很要好啊。」

「算是吧，由美感覺像是自己家的妹妹。」

「篠山同學的妹妹啊……」

「嗯～還是聽不習慣耶。」

「你是指什麼？」

「妳以前在人前都稱呼我『正樹同學』，兩人獨處的時候直接叫『你』，所以聽到妳說『篠山同學』總覺得不太習慣。」

「哦，是這樣啊。」

聽著與自己有關，但自己全然不知情的過去，遙香充滿興趣地點頭。

正樹目睹那反應，自言自語：「感覺好像之前的立場對調了。」

現在遙香的立場也許就像之前的自己。

正樹也覺得有幾分新鮮，在遙香面前坐下，開始娓娓道來。

自己過去經歷的事件，從他與風間遙香第一次邂逅開始，一直到最後與她離別的所有過程。既然她讀過明信片，那她某種程度上應該知道才對，但還是直接告訴她比較好吧。

遙香的反應不出所料，只是默默地傾聽。但她的眼神中沒有冷漠，透露著純粹想知道真相的興趣。

正樹說完，遙香像是理解了來龍去脈般屢屢點頭。

「對了，除了能把信寄到過去的郵筒外，還有什麼不可思議的現象嗎？」

「這我就不曉得了。想知道的話可以去問由美，她在學校參加了一個莫名其妙的傳說研究會，好像會去蒐集四處的古怪消息。」

「哦……嗯，這方面就先到這邊告一段落，接下來帶我去看看那個郵筒吧。」

正樹說著「我先收拾一下這個」便端起托盤站起來，走出房間。他在廚房招架母親與由美問「你是在哪裡認識她的？」的雙面夾攻，並將剛才裝飲料的玻璃杯洗乾淨，之後回到自己的房間。打開拉門一看，遙香背對著房門站在書桌前，不知道在做些什麼。正樹出聲喚她，只見她驚得肩膀猛然一縮，緊接著慌張地轉身。

「我、我什麼也沒做喔！」

「妳在心虛什麼啦。」

「唔……」

「哎，是沒關係啦。」

反正也沒什麼不能被看到的東西，就算有也沒放在書桌的抽屜等處。

換作是壁櫥可就糟糕了。

遙香死撐著不承認一直想蒙混過去，正樹覺得麻煩決定不當一回事。反正不管怎麼追究，她也不會老實回答吧。畢竟每次兩人意見對立，最終總會走上平行線。正樹將奶奶今年給他的賀年卡擱在桌上，帶她去那個地方。

「總之我們出發吧，去郵筒那邊。」

圓筒形的郵筒，陳舊外觀像在昭告它歷經過漫長的歲月，彷彿只有該處時間停止，寧靜地佇立於路邊。

「這就是你說的那個郵筒？」

遙香好奇地撫摸郵筒表面，隨後探頭看向投遞口，又用手掌拍了拍郵筒觀察動靜，反應簡直像是久居叢林深處的原住民第一次見到電視。不過確定什麼也沒發生之後，她對正樹投出狐疑的視線。

「真的就是這個？」

「幹嘛懷疑？」

「因為……就很普通啊……真的是用這個郵筒？」

「我就說是真的啊。」

「哦～～……算了，反正也沒辦法確認真假。」

「妳根本就不相信吧。」

「也不至於，至少我相信你認為你用這個郵筒改變了過去。」

「說穿了就是什麼也不信嘛。」

話雖如此，麻煩的是正樹也不能真的證明給她看。萬一隨便改寫過去又害人從現實消失，就無法挽回了。

正樹無奈地嘆息，視線不經意捕捉到不遠處的鳥居，回想起奶奶的話。

奶奶以前私自設立的神龕。

就位在環繞神社的樹林中。

花點時間調查是否真有其事好像也不錯。

「對了。」

正樹對遙香說明了神龕的往事，她二話不說點頭同意正樹的提議。

神龕是在神社合祭已成定局的時候，奶奶為了不讓產土神被送到外地而私自設置的。

儘管身在現代，正樹還是認為奶奶這行為會遭天譴，不過也許那是人類的認知吧。從神明的角度來看，當時祂因為人類的問題被迫遷移，不知作何感想。

兩人很快就找到了神龕。

步入樹林中，踏過枯草前進，沒多久目的地就映入眼簾。

也許是因為奶奶的木工技藝不足，那小小的神龕外觀很有手工打造的感覺。而且因為只有奶奶知道神龕的存在，清掃及管理工作也都無人負責，現在已經荒廢了。

「這個喔，雖然沒辦法修理，不過至少清理一下比較好吧？」

遙香的提案合乎情理。也許是承自奶奶的遺傳，正樹也不擅長木工，所以不可能新造一座神龕。因此遙香提出「至少幫忙打掃一下」的意見可說是理所當然。

正樹與遙香做著拂去蓋在神龕上的落葉等簡單的清理工作，過程中正樹將手伸向神龕前方的門，原本打算清理內部，不過那涉足神域的感覺讓正樹有點躊躇。正樹在心中默唸：「我沒有要危害這座神龕，只是想打掃而已。」讓他克服了恐懼、打開小門。裡頭究竟是什麼樣子？是貼著符咒，還是擺著造型怪異的石頭之類的？想像的同時，正樹探頭看向門內。

手機。

「……這什麼啊？」

昏暗狹小的空間擺著一支手機，不是現在人手一支的觸控智慧型手機，是舊式的功能型手機。

一個現代機器放置在古老傳統的空間中。

正樹錯愕地皺起眉頭，將手機拿到手中。大概已經被棄置在這裡很久了吧，沒有最近被使用過的痕跡。正樹判斷這支手機應該算是垃圾，假設有顆小石頭擺在這裡，正樹也會認為那石頭是垃圾。但他實在不認為一支無人使用的舊型手機會是供品，於是把手機塞進口袋，輕輕拂去神龕內的灰塵，再度關上門。

清掃結束後，兩人一同對著神龕合掌行禮。鳥鳴聲環繞下，正樹用眼角餘光看向身旁，遙香以同樣的姿勢對著神龕閉眼垂首。

正樹不知道她祈求什麼，雖然跟她並肩站在這裡，但是對彼此還是充滿未知。篠山正樹不知道她的過去，對方也是。一想到這裡，正樹也不禁懷疑自己喜歡的那個風間遙香是否真的是身旁的她。

她是風間遙香，卻不是自己認識的那個風間遙香。

無解的疑問。

正樹決定不去想，反正再怎麼想也不會有答案。

將這問題擱在一旁，正樹看向眼前的神龕。

鄄筒的超常現象真的是起因於供奉這裡的產土神？

如果真是這樣，那究竟是源自於憤怒或詛咒？還是為了當地居民的幸福？又或者只是出自神明一時興起？

一切仍在迷霧之中。

真相恐怕只有老天才知道了。

既然如此，如果可以站在神明的立場，也許多少能理解吧？

「反正也不可能。」

正樹如此喃喃自語，放下合十的雙手。

「接下來還有什麼想看的地方？有的話我可以帶妳去。」

「這個嘛，那麼，我想看看你的學校。」

「咦？」

「在你的記憶中，我之前也在那邊上學吧？況且你是不是真的——喂，幹嘛一副複雜的表情啊？」

「沒有啦，呃，該怎麼說才好……」

正樹其實不想帶遙香去學校。雖然當時只是假裝，正樹也真實體驗過宣稱與她交往時同學們的反應，跟她一起出現肯定會被問東問西，最後還得在眾人嫉妒的眼光下如坐針氈。

這種麻煩事正樹可不想再體驗。

所以正樹對遙香這麼回答：

「今天可不可以算了啊？我剛才結束練習回到家，實在懶得再去學校，如果是去其他任何地方都好。」

「其他地方就不用了。既然這樣──」

遙香取出自己的手機，將另一隻手伸向正樹。正樹知道她對自己有所要求，卻搞不懂她到底要什麼而皺起眉頭。

「告訴我手機號碼。」

「咦？……啊，對喔。」

明知道跟她今天才第一次見面，但還是會不時忘記這件事。

正樹將手伸進口袋想取出手機卻皺起眉頭。沒有。翻過全身上下每個口袋，還是找不到手機。

「你是怎麼了？」

「……我好像把手機忘在家裡了。」

遙香傻眼地嘆息。

「那告訴我號碼就好，回程我再打給你。」
好歹記得自己的手機號碼吧？她投出輕蔑的視線。
正樹當然記得，直接告訴遙香。
遙香將號碼記錄在手機裡，滿足地點頭說：
「接下來，我的提議就是……我對你了解得還太少，所以，要不要試著互相聯絡？」
「何時？聯絡什麼？」
「比方說今天發生的事。」
「每天？」
「每天。」
「……不覺得麻煩？」
遙香聽了一本正經地說：
「如果你說的都是真的，那你某種程度上應該認識我，我對你卻幾乎一無所知。」
「嗯，是這樣沒錯。」
「我想多了解你一點，你對我沒興趣嗎？」
「……」
正樹第一時間無法回答。

過去風間遙香說過的話浮現腦海。

——既然沒有共有的歷史，那根本是不同的兩個人了吧——

眼前的女性毫無疑問是風間遙香，但和以往的遙香又是不同人，她過往的人生並不存在篠山正樹。

而且，如果篠山正樹今後還想與風間遙香建立任何關係，對象只會是眼前的這位少女。

既然如此——

「我知道了，我會聯絡妳。」

正樹得到這樣的結論。

這時，正樹突然想起。

遙香說她要回家了，然後正樹也會回到自己家，但是母親與由美等在家裡，她們肯定會追問正樹與遙香的關係，這究竟該怎麼回答才好？正樹對遙香提出這樣的疑問。

「就回答是朋友不就好了？」

「朋友～～？」

「有什麼不滿嗎？我倒覺得『認識的人』，不，『陌生人』也可以。」

「妳講得還真冷漠耶。」

「事實如此啊。」

還是老樣子嘴巴不饒人。

正樹為了報復她，低聲說：

「……明明還說喜歡我的。」

剎那間，遙香不停猛咳。

「咳咳……你在鬼扯什麼啦！我什麼時候說過了！」

「明明就說了啊，妳為了確認真相，跑到我家門口的時候。」

「那、那個不是！那句話不是那個意思！」

「啥？」

「就、就是那個！是對朋友的喜歡！」

「妳騙誰啊！那時候講的絕對不是這個意思吧！」

「才沒有騙人！是你自作多情吧！」

「嗚啊！太過分了！我也是純情的高中男生耶！」

「在明信片上扯那麼多謊，還敢說什麼純情？是喔？這就是你認為的純情啊。」

「這、這我就無法反駁了……不過，妳看清楚，這對純潔明亮的眼睛！」

「很混濁耶。啊，難怪你看你自己覺得很純情，真是悲劇。」

「我看是相反吧？會覺得我的眼睛混濁，應該是因為遙香同學的眼睛濁濁的吧？」

「你再說一次。」

「怎樣啦？」

兩人額頭互抵大眼瞪小眼，緊接著又是一陣脣槍舌劍。

結果總是如此，也是意料中的事吧。

送遙香到車站，返家後壞消息正等著正樹。

走上樓梯的途中聽見母親叫喚，來到更衣間一看，母親正將清洗乾淨的棒球隊制服挪到曬衣籃，看見正樹出現便將那個東西遞給正樹。

「這個，你忘記從制服口袋拿出來了。」

「什麼啊……呃，啊啊啊啊啊！」

母親手中拿著的正是正樹的手機。他回想起自己因為遙香突然造訪而焦急過頭，忘記手機塞在隊服的口袋，就這麼啟動洗衣機。

「這要怎麼辦啊！不是開玩笑的！」

「都是因為你自己不拿出來啊。」

「自己好好反省吧。」母親說完便提著曬衣籃走向庭院。正樹握著毫無反應的手機，渾身無力地跪倒在地。

好不容易才打起精神站起來，回到自己的房間。

這下該怎麼辦才好？

一面煩惱一面拉開房門，由美的身影映入眼簾。她跪坐在坐墊上，神色凝重、雙手抱胸，一看見正樹回到房間，便拍了拍榻榻米。

「正樹，你坐好。好好解釋你和風間小姐是什麼關係。」

「我現在沒那個心情啦！」

「什麼？」

「妳看！我的夥伴斷氣了啦。」

「手機本來就不會呼吸吧。」

「我接下來該怎麼辦才好？」

「送修，或是買新的啊。」

「不對，不是那個問題！」

當然送修是免不了的，但這並不是真正的問題。

風間遙香剛才說了。

——回程我再打給你——

這句話的意思，就是她會估算篠山正樹到家的時間打過來。換句話說，再過不久電話就要打來了。

如果現在要拿去店面修理，得耗費相當長的時間，首先得騎腳踏車三十分鐘左右，經過各種手續，才能借到暫時替代用的手機，再怎麼快也得一個小時。電話在這段時間打來的機率非常高，當然要是手機打不通，遙香也許還會再打來，但到時她問起沒接電話的理由，會得到「因為不小心把手機扔進洗衣機」這個答案，真不知道她會怎麼酸人。況且正樹和她今天才第一次見面，他想盡可能避免降低自己的評價。

她那輕蔑的聲音彷彿在耳邊響起。

——你連剛立下的約定都沒辦法遵守？啊，對喔，不好意思，是我太看得起你了——

正樹在心中祈禱。

神啊，拜託救我脫離這個窘境吧。

「不過這也沒辦法吧。」

這並不是憑著努力就能解決的問題，神明聽到的話大概也會傷腦筋吧。

就在正樹要放棄的時候，由美理解了狀況跟他說：

「現在馬上就要用到？那也不是沒辦法。」

「真的假的！」

正樹衝向由美面前，由美拿出自己的手機開始說明：

「你應該知道手機裡面都有ＳＩＭ卡吧？如果把你手機裡的ＳＩＭ卡放到我的手機，那我的手機就會變成你的手機，當然打給你的電話也會打到這支手機。」

「好像盜用一樣。」

話雖如此，確實是個有用的資訊。

正樹立刻從自己的手機取出ＳＩＭ卡。雖然在洗衣機裡浸濕了，正樹細心將它擦乾，隨後對由美要求：

「那妳手機借我一下。」

「我不要。」

「……咦？」

「你都不跟我解釋和風間小姐的關係，我也沒理由幫你嘛。」

「別這樣啦，拜託一下，好不好？」

「我想成為懂得拒絕的日本人。」

「唔……妳今天特別頑固耶。」

「真的非用手機不可的話，去跟伯母借不就好了？」

「可以嗎？我媽用的是舊型，我的是智慧型手機耶。」

「問題在於裝在裡面的ＳＩＭ卡大小，和手機的種類沒關係。」

看來ＳＩＭ卡也有規格——不同的尺寸。

「不過沒辦法用電子郵件或上網之類的。」

「是喔？不過現在只要能接聽電話就很夠了，我去找我媽借一下。」

正樹衝下樓，對在庭院晾衣服的母親解釋後跟母親借了手機。對機械不熟悉的母親擔心地問：「隨便換裡頭的卡片不會壞掉嗎？」但她的擔憂只是多餘，問題不在手機會不會壞掉，而是兩支手機的ＳＩＭ卡規格根本不合，無法使用。當正樹嘆息「這下束手無策了」時，他回想起口袋裡的那玩意兒——被棄置在神龕中的那隻舊型手機。正樹不抱期望地檢查ＳＩＭ卡規格，恰巧與他的相符。不過手機也有可能壞了，加上現在電池耗盡也無法使用，雖然想充電，但和母親的舊型手機的充電器規格也不符。果然還是沒辦法啊——正當正樹放棄要走回房間時，晾好衣服的母親突然跟他說：

「也許有那個手機能用的充電器喔。」

「不行啦，妳的那個不合。」

「你等一下就對了。」

母親說完，從樓梯下的儲藏室拿出一個塑膠袋，裡頭裝了好幾個充電器，彼此的電線纏在一起。母親解釋：「以前的東西全收在這裡了。」畢竟連七年前的賀年卡她都留著，會留這堆可能再也用不上的充電器，正樹也不覺得奇怪。

「你就試試看有沒有能用的吧。」

死馬當活馬醫，正樹接過整個塑膠袋回到房間，立刻翻找是否有規格符合的充電器。出乎意料地很快就找到目標，開始充電，隨後立刻接到電話。正樹慌慌張張地接聽：

「喂！請問哪位！」

『嚇到我了。幹嘛這麼大聲……是我，風間遙香。』

「啊～～嗯。我知道我知道，沒事沒事，沒任何問題。」

『啊？』

「沒事，我這邊剛才出了一點小差錯，沒什麼大問題。」

『？』

遙香有些狐疑，但也沒再追究，看來應該是蒙混過去了。

正樹鬆了一口氣，在心中說著：「安全上壘。」

結束通話後，正樹將完成任務的手機扔在桌上。

由美見狀問道：

「那手機是從哪裡來的啊？」

「廢棄神社附近不是有片樹林嗎？那邊有一座神龕，手機是在裡面找到的。」

「你說手機？」

「我知道妳不相信，但它真的就放在神龕裡頭。」

「哦～～……所以你就把它隨手帶回來了？」

「反正一定是有人惡作劇放在裡頭的。」

畢竟那時是在打掃，看見垃圾就帶走也是理所當然吧。

「真是這樣就好了。」

由美的語氣別有深意，正樹詢問她是什麼意思。

「正樹你也聽說過吧？把詛咒人偶寄放在神社供養之類的，也許那手機不是人家惡作劇扔在那邊，其實是……對了，正樹，不如你的手機送修的時候，就用這支試試看嘛。」

「妳前面這樣說，後面居然還能提出這種建議喔？」

「也許會發生什麼不可思議的現象喔。」

「那妳自己去試啊。」

她之前想利用篠山正樹去測試那個郵筒，這次居然又想讓人當白老鼠。這青梅竹馬看起來一副純真善良的模樣，但可不是吃素的。

「我自己試？我才不要。」

「我也不要啊。」

「咦？為什麼？難道你不敢用那支有問題的靈異手機？」

「啥？我一點也不怕啊，而且妳幹嘛隨便認定這手機有鬼。」

「那你會試著用用看嘍？」

「我說妳啊～～……這種激將法我怎麼可能會中招？」

面對堅決不從的正樹，由美拿不出辦法地說：

「正樹，你應該欠我一份人情吧？你之所以會知道這手機能用，是我告訴你的吧？你就當作報恩試用一陣子嘛。」

「呃……這也不是沒道理……」

「還是說你怕遇到靈異事件就不顧這次的恩情了？」

「妳是在哪裡學會這種威脅法的……」

既然如此，也沒辦法了。

「好啦，手機送修的時候，我用用看就是了。」

「喔喔，真不愧是正樹！男子漢！」

「還好啦。」

雖然非常有中計的感覺，但今天就把手機送修，拿回來之前先用這支有問題的手機吧。

好不容易躲過了遙香的問題，這下又遇到新問題了。

正樹這麼想著，不禁疲憊地嘆息。
順帶一提，店員說手機送修需要兩週，在那之前都得和這支有問題的舊型手機相處。
一想到這裡，正樹再度深深嘆息。

就如同夏天短袖制服隨著季節變化換成長袖，接著又換成西裝外套，歷經與遙香的「邂逅」後，正樹在新的日常生活中邁開步伐。

早晨。
比沒參加社團的時候更早起床，參加棒球隊的晨練。
沒有和風間遙香在同一鎮上、同一高中的正常世界裡，篠山正樹在發生土石流的星期六還沒回到棒球隊。這也是理所當然，正樹之所以會回到棒球隊是因為遙香的斥責，沒有這件事的話自然也沒有歸隊的契機。
所以確定遙香還活著後，正樹再度拜訪棒球隊，正式提出歸隊的請求。於是現在又能像這樣參加晨練。

中午。

正樹習慣跟他的好友井上一起吃飯，這和以前一模一樣。唯一的差異在於井上雖然還是暗戀同班同學谷川，但他從未跟任何人說或尋求意見，當然，他也認為正樹不知道這件事。

傍晚。

放學後參加棒球隊的活動，揮灑汗水、追逐白球直到天色轉暗，最後拖著疲憊不堪的身體與棒球隊的夥伴們一同踏上歸途。

夜晚。

在浴室洗去練習時的汗水跟髒汙，跟下班的父親在家共進晚餐，結束後就回到自己房間，拿有問題的手機聯絡遙香。

打電話聯絡，這是跟她立下的約定。

另一方面，「邂逅」之後已經過了好一段時間沒有再跟她見面。

若要問原因，正樹也答不上來。硬要回答的話，原因大概就是「沒時間」吧。

回到棒球隊之後，平日放學後肯定沒時間見面，假日也有練習，練習結束後也沒有多餘的體力特地跑去見她。雖然正樹心裡希望她能主動過來，但也很難想像她會為了見篠山正樹一面，特地到另一個城鎮。

比想像中更淡泊的關係，然而正樹覺得「這也許滿符合彼此的關係」。

突然就成天膩在一起也滿奇怪的，況且對她而言，「篠山正樹」是個才剛見面的陌生人，要認識他這個人恐怕還需要更多時間和距離吧。

簡單說，這就是篠山正樹新的日常生活。

某天的午休時間。

「聽說今天下午不上課喔。」

正樹品嚐著母親做的便當，坐在桌子對面的井上突然這麼說道。

「是喔？不錯啊。不過是要幹嘛？」

「好像是下午的課程全部取消，要用來討論園遊會要辦什麼。」

「不久前才辦過球技大賽，馬上就有下一個活動了喔？」

「球技大賽和園遊會是兩碼子事啊，球技大賽才一天，園遊會加上前製準備期就有將近一整個月。」

「喔，是這樣啊。」

正樹不當一回事地回應，再度將筷子伸向便當。

就在這時，有問題的手機震動起來。

正樹立刻從口袋拿出來，確認是誰打的電話，但一看卻讓他疑惑地皺起眉頭。

「……啥？」

由美說過，這支手機能打電話，但無法使用郵件功能。

正樹開始使用的第一天也實際實驗過，確實無法發送。

但剛才手機震動，並非是接到電話，而是收到簡訊。

正樹滿心納悶，還是打開簡訊，寄件人的欄位寫著井上，文中寫著「好想跟谷川同學一起當執行委員」。

正樹立刻轉頭看向井上。

「你剛剛傳簡訊給我？」

「什麼啊？我現在手上拿著筷子，不是手機啊。況且你人就在這裡，有事的話直接告訴你不就好了？」

「也對……」

在原本使用的手機修好之前，他決定先用這支有問題的手機，手機裡只存了少數人的號碼。

聽說如果把通訊錄儲存在ＳＩＭ卡，現在用這支舊型手機也能看見之前存的通訊錄，但正樹總是把資料儲存在手機，必須重新登錄常用的號碼。反正也只是忍耐幾天，正樹只輸入了家人和由美、遙香，以及學校比較常聯絡的朋友。

雖然井上也是其中一人，但還是很不對勁。因為這支手機根本沒有登錄任何郵件信箱，就算井上真的寄信給正樹，這支手機應該也收不到。

理應收不到的簡訊，寄件人是井上，再加上文中內容。

這些要素串起來代表什麼？

「既然你這麼介意，就回訊看看嘛。」

「……咦？」

井上起身的同時說道：

「回信問對方『請問你是哪位』，如果對方回信不就解決了？」

「這樣說也是啦……」

「我去買飲料，你有什麼要買的嗎？」

「我不用。」

正樹回答後，井上自己走向福利社。正樹目送他離去的背影，低頭看向手機，回信給身分不明的對象。不對，這封簡訊本身就是有問題兼意義不明，正樹個性再怎麼樂觀也不太願意回信。既然如此又該怎麼辦才好？正樹一直沉思到鐘聲響起。

就如井上所說，下午的課程全都變成了班會時間，用來討論園遊會。首先要選出園遊會執行委員男、女各一，再以那兩人為中心決定本班要舉辦的項目。

不過，班上根本沒人自願想當執行委員。

沒錯，這才是篠山正樹認識的班級樣貌。不像記憶中準備球技大賽的時候，有自願接下麻煩事的風間遙香。

正樹也用手撐著臉頰，裝出一副與我無關的模樣。

「沒人啊，那就抽籤決定吧。」

「咦咦咦～～」班導的話一出，學生們不滿的聲音瞬間充斥教室。因為大家都想著：如果要憑運氣決定，這差事不就有可能會落在自己頭上嗎？

正樹也同樣出聲反對。

然而對學生們的非難置若罔聞，最終手段抽籤就這麼開始了。

「那就從女生開始。」

遵循班導的指示，班上女生一個接一個從放在講桌上的箱子裡抽出手作籤，躲過一劫的欣喜聲接二連三響起時，輪到谷川了。個性膽小低調的她戰戰兢兢地將手伸進箱子裡，拿了一張籤之後把手抽出來，同時目睹了結果。籤從她手中滑落，她像是貧血般無力地蹲下身。

班導撿起掉在地上的籤。

「嗯，女生是谷川。」

這句話讓女生們理解了一切，她們紛紛對著犧牲者雙手合十示意。

在這瞬間，正樹一臉驚愕。

理由是剛才收到的簡訊。

——好想跟谷川同學一起當執行委員——

正樹還無法確定那封簡訊表示什麼，但文中的「執行委員」指的或許就是園遊會的執行委員。若真是如此，那封簡訊就等於說中了抽籤的結果。

這是恰巧嗎？

在正樹感到訝異的同時，班導說道：

「好了，那接下來換男生。」

瞬間，所有男生都感到一陣緊張。

誰也不想抽籤，會不會被選上居然要聽天由命，這絕對要想辦法避免。

這樣的話，只剩下主動推薦人選這一條路。

我覺得某某很適合——如此這般將朋友推上獻祭台的冷血行徑，也許有些人的友情會因此決裂。但人不為己，天誅地滅，為了自己，人總是能變得殘酷無情。

眾人帶著警戒的眼神觀察四周。

就在這時，正樹的手機再度震動，寄件人同樣是井上，但內容略有變化。

——唉～～沒當上執行委員啊～～——

從內容可以感受到夾雜了咒罵的失落。

到底是怎麼回事？

「有問題」這個詞掠過正樹的腦海。

供奉在神龕內的手機，該不會正在接收某些超常對象寄出的訊息吧？

這念頭浮現時，手機再度震動，收到新的簡訊。寄件人是井上，內容帶著遺憾。

——要是自己當時自願，和谷川同學站在一起的人就是我了啊～～——

訊息接二連三送到眼前，簡直像遇到靈異事件。

「嗚哇啊啊啊！」

正樹無法忍受，將手機扔向桌面，站起身。

難以言喻的詭異，彷彿有個超常對象正試圖接觸自己。

這些簡訊究竟是什麼意思？

正樹愣愣地看著自己扔在桌上的手機，這時班導說：

「篠山，你願意當嗎？」

「……咦？」

正樹傻了數秒，立刻就理解全班只有自己站著。正樹立刻回答「沒有」並坐下，用聲音和行動明確表示自己不願意，但男同學們把這當成天大的好機會，開始起鬨要班導指定正樹擔任執行委員。正樹正面迎擊，回答「我不要」。就在這片混亂中，桌上的手機再度震動。正樹聽見班導說「現在先收起來」，連忙將手伸向手機，躊躇了一瞬間。就在正樹拿不出其他辦法，只好將手機握在掌心時，不經意發現起鬨的男生中只有一個人陷入沉默。

是井上。

井上表情認真地直視前方。

正樹沿著那個方向看去，發現講台附近的谷川時，靈機一動。

井上暗戀谷川，既然谷川被選為執行委員，他也許會想和她一起吧？但是井上的個性不喜歡出風頭，而且之前誰都不願意，在谷川抽到籤後卻立刻積極毛遂自薦，那就像公然昭告自己對谷川有好感。

也許是這樣，井上才沒有參加眾人的起鬨，只是直盯著前方。

正樹為了確認自己的預測是否正確，高高地舉起手。

「我覺得另一個執行委員給井上同學當比較好。」

試著推薦看看，如果自己猜錯，井上應該會立刻拒絕吧。但如果猜得沒錯，他應該不會拒絕才對。

井上會怎麼回答？

正樹看向井上。

他先是拉高音量大喊：「為什麼是我？」但因為班導說了：「你願意幫忙嗎？」讓井上遲疑了一會兒，接著將「你居然出賣朋友」的責難眼神投向正樹，最後在大家的起鬨聲中心不甘情不願地接下這個職務。

這就是答案。表現出不情願，但還是答應了，就表示是這麼回事吧。

最後決定由這兩人擔任執行委員，手足無措的谷川與表情緊張的井上站上講台，顯得有點笨拙但還是開始園遊會的討論。

同時教室內騷聲四起，園遊會要做些什麼，從常見的意見到古怪的提案都有，班上同學接二連三提出各式各樣的想法，井上一一寫在黑板上。

這時，正樹看向手中的手機，然後將它扔進書包裡。他實在不怎麼放心把這玩意兒放在自己的口袋。

不確定的因素還太多，難以理解的詭異。

「對了，正樹有什麼點子嗎？」

有同學這麼問，正樹突然回過神來，轉頭一看，對方的眼神充滿了「要好好享受接下來一連串的活動」的光芒。正樹見狀，決定暫時忘了手機的事，開心地跟同學一起討論，不再像球技大賽時自以為是旁觀者。這是現在的篠山正樹的想法。

放學後，正樹沒有去棒球隊，而是直接到了傳說研究會的房間。

分配給社團活動使用的舊校舍內，正樹敲了敲其中一個房間的門。回應的聲音只有一個，轉動門把走進去，三面被書架環繞的房間裡，研究會會員之一由美就在眼前。

「怎麼啦，正樹？」

「有點事想問妳……其他人呢？」

「沒來啊。」

「我每次來都沒見到其他人，難道大家是故意避著我？」

「怎麼可能，誰曉得正樹什麼時候會來，怎麼可能故意躲你？」

「那就好……不對，不太好吧。妳這不就是承認這是個沒什麼幹勁的同好會嗎？」

「哎呀，這本來就是事實嘛，在園遊會也沒打算做任何發表。」

「這點倒是和棒球隊一樣。」

「你們棒球隊也沒什麼幹勁嘛。」

「真失禮耶，當然有啊，只是目標不在甲子園或職業選手而已。」

大家一起開心打棒球。這就是棒球隊的大原則。

「對了，正樹你們班打算做什麼？」

「嗯？妳說園遊會喔？我們班已經決定要做鬼屋了。」

起初想擺攤賣食物的意見占多數，但是班導一句「如果要做餐飲相關，驗尿之類的檢查跑不掉喔」，之後這類選項的人氣墜落谷底，取而代之的是鬼屋聲浪急速攀升。

「那你們班要做什麼？」

「演話劇。」

「聽起來就很麻煩……要演什麼？」

「還沒決定，之後才會決定主題和角色分配。」

「哦～～……等一下。」

正樹突然想起來這裡的目的。

「我有事想問妳。」

正樹取出那支手機。

「這個，妳不是說沒辦法收發郵件嗎？」

「應該是這樣沒錯。」

「今天，這支手機收到簡訊了。」

由美滿臉狐疑地瞇細雙眼。

「真的假的？」

「我幹嘛騙妳，話說，妳不是原本就在期待這種現象發生嗎？」

「嗯，是沒錯啦……」

由美的態度表現出有點懷疑的樣子。

因此正樹立刻打開收件匣，給由美看簡訊。

但是——

「……奇怪？不見了？」

不知為何，井上寄來的簡訊消失了。

正樹不記得自己有刪除。

明明沒有刪除，為什麼會消失？

收件匣內只留有不是剛才收到的簡訊，大概是之前的使用者留下的吧。內容如下：

——原本以為那孩子能更努力，真遺憾——

然而這些過去的簡訊，正樹一點也不在乎。

正樹告訴自己，肯定存在某處。

一一檢查收件匣之外的其他信件存放匣，還是找不到。

由美跟正樹說：

「……正樹，你只是太累了。」
「不要露出那種憐憫的眼神！」
「今天早點回家好好睡一覺吧。」
「我很正常！」
「我明白我明白，正樹很正常，只是一時之間看見幻覺而已。但我也不曉得看見幻覺的人算不算正常。」
「不對，那個不是幻覺，我真的看到好幾次，有簡訊寄來。」
「原來如此，所以問題出在正樹的腦袋——」
「就說了我的腦袋沒問題，我來這裡是想問妳這是不是什麼超常現象！」
「也許是來自冥界的訊息吧。簡單說就是幽靈。」
「……幽靈？」
「嗯，幽靈。不過啊，正樹，有句話我希望你一定要記住。」
由美溫柔地微笑，將手輕輕擱在正樹的肩膀上。
「其實包含幽靈在內的靈異現象全都不可能發生喔。」
「妳有什麼立場講這句話！」
置身在這名為「傳說研究會」的同好會，愛好超自然現象，居然說得出這種話。

「總之，我來是想拜託妳調查看看有沒有相關的傳說。」

「傳簡訊到手機……怎麼可能有這種現代風格的民間傳說嘛。」

這麼說也沒錯。

雖然正樹剛剛才對由美提出請求，但轉念一想覺得滿有道理的。

「那有沒有別人的心聲會變成訊息之類的傳說？」

「什麼跟什麼……我接下來也許會為了準備園遊會愈來愈忙，沒辦法保證有空喔。」

「有空的時候幫一下就好。」

正樹再三拜託，由美終於無奈地答應。但她最後依舊強調「有空才能幫忙」這個但書。

夏天的這個時候晚霞還遍布天空，但隨著夏季告終，天空轉暗的時間似乎突然提早了。在昏暗的天空下，正樹與住在鎮上的隊友們一起踏上歸途，最後在有紅綠燈的十字路口道別。正樹獨自一人等紅燈時，一輛轎車從眼前駛過，正樹不經意看向那輛車。它停在不遠處，只見一名女高中生從副駕駛座下了車。

少女有著捲翹的男孩風短髮，眉毛短、眼型細長，臉上化了妝，脖子上戴著心型的項鍊，耳朵戴著耳環，制服裙子改得特別短，有種品行不良的感覺。

外表輕佻的少女邁步走向正樹。

正樹以為對方想找碴，所以提高警覺。那女高中生來到眼前，仔細打量正樹全身上下後露出笑容。

「你是不是篠山正樹？」

「……咦？請問妳是哪位？」

納悶地看著眼前的女高中生，正樹這時才察覺她身上的制服和遙香現在的高中制服款式一樣。

她也許是透過遙香才知道自己的吧？

正樹如此猜測，但事實似乎不是這樣。

「嗯？你該不會還沒看出來吧？是我啊，宮島莉嘉。以前不是常在一起玩嗎？在空地上打棒球之類的。」

「宮島莉嘉……喔！是莉嘉喔！」

正樹終於回想起她的身分。

小學時正樹曾與朋友們組隊在空地上打棒球。

莉嘉也是其中一名隊員，她打起棒球滿有一手，再加上她曾經指導總在場邊觀戰的板凳隊員由美如何揮棒，正樹的印象還滿深的。

但後來由美連觀戰也不再參加的時候，莉嘉也退出了棒球隊，棒球隊不久後便解散。之

後正樹與包含她在內的成員們也漸漸變得疏遠，莉嘉則是在升國中時轉學離開了這城鎮。

「啊～～真是懷念。幾年沒見了？唉，不管幾年也沒差就是了。」

「還真隨意啊。」

「你現在還是跟大家很要好？」

「沒有，現在只剩由美還會見面。」

「不愧是從小一起長大的，交情匪淺是吧？」

「大概吧，畢竟我們的家很近，也上同一間高中。」

「哦，同一間高中……」

莉嘉看向正樹身上的球隊隊服。

「現在還在打棒球？」

「現役熱血高中棒球隊員。」

「我記得不久前有個夏天的棒球比賽，你們成績怎樣？」

「嗯，還算滿努力的啦。」

「實際的成績是？」

「……第二輪淘汰。」

「啊哈哈哈！真不中用！」

「不要笑啦，話先說在前頭，第一輪就有一半的學校輸掉了喔。」
「聽你這樣講，第二輪才被淘汰也算不錯的成績啊。對了，由美有參加什麼社團嗎？」
「她加入了一個叫『傳說研究會』的同好會，是個沒什麼幹勁的同好會，園遊會也沒有要成果發表。」
「……園遊會？」
「還有一段時間啦，我們學校要辦。」
「哦～那正樹你們班要做什麼？」
「我們班是鬼屋，順帶一提，由美班上好像是演話劇。」
「咦？由美要演話劇喔……啊，不過話劇也有幕後的工作，應該沒問題吧。」
正樹不明白這句話的意思而皺起眉頭。察覺了正樹的困惑，莉嘉說：
「因為由美沒辦法當主角啊，她承受不了壓力。」
這一點正樹也並非無法理解。
國小的畢業典禮要朗誦謝辭時，每個人都分配到一段必須朗讀的文章，當時由美不但口吃還驚惶失措。
國中運動會的班級接力賽，由美不只是接力棒脫手，還不小心踢飛接力棒，讓他們班級排名從第一名瞬間落到吊車尾。

像這類「絕不能失敗的場合」，由美總是會搞砸。

不過莉嘉會認為由美「承受不了壓力」，似乎有不同的原因。

「由美會變成這樣，也許是因為我的錯。」

「什麼意思啊？」

莉嘉語帶歉疚地說明。

當初陪由美練習揮棒時，莉嘉曾這麼告訴過她。

——如果沒得到想要的結果，之前的努力就都白費了。我可以相信由美一定能辦到嗎？可以期待嗎？——

結果，由美一次也沒揮出去就被三振出局了。

「……妳幹嘛講這種話啊？」

「沒有啦，我真的覺得抱歉，那時候的我雖然還是個小學生，但正好是容易鑽牛角尖的時期，你還記得我當時有在學鋼琴嗎？」

「好像是車站附近的鋼琴教室？」

「對，那時候剛好有個比賽，我為了在比賽上奪得第一名，努力了好一陣子，而且是非常努力喔，但最後連一個小獎項都沒拿到。在那之後就發生了由美事件，說穿了就是我把氣出在由美身上，我後來也有跟她道歉，但好像對她造成了很大的傷害。」

「我說妳啊……」

也許這並非道歉就能了事，但既然莉嘉已經道歉，正樹也不是當事人，沒立場指責她什麼。更何況她看起來也有在反省，正樹就沒再多說什麼。

「簡單說就這樣，所以我想由美應該沒辦法當話劇的主角。」

「很難講，畢竟都是高中生了，應該沒問題吧？」

「無論如何，只能祈禱她別當上主角了。」

這時，剛才載莉嘉來的車傳來喇叭聲。轉頭一看，一名中年男性從駕駛座探出頭來。

「他是……？」

正樹這麼一問，莉嘉猶疑了半晌。

「嗯～～該怎麼說才好～～……戀人之上，家人以下。」

「啥？」

「說穿了就是爹地啦，爹地。」

正樹想再追問「爹地」究竟是指什麼時，喇叭聲再度響起。

「抱歉，我得走了。」

莉嘉轉身走向轎車，但立刻又走回正樹面前。

「至少把手機號碼告訴我吧，難得像這樣又遇見。」

「好啊。」

正樹取出手機，莉嘉露出驚訝的表情。

「怎麼了？」

「咦？沒有啦，只是沒想到你還在用舊型手機。」

「有些一言難盡的理由啊。」

交換彼此的手機號碼後，莉嘉這次終於頭也不回地走向轎車。與中年男性短短交談幾句話之後，轉過頭來對正樹揮揮手，坐上副駕駛座。轎車隨即發動離開了。

2・各自隱瞞的祕密

隔天放學後，正樹的手機再度收到簡訊。

「聯絡事項就這些，起立。」

班導說完，學生們便從座位站起身。同學們隨著「敬禮」的口號同時低下頭，然後各自開始活動。有人要前往社團活動，有人則是開始著手進行鬼屋的準備工作。

為了參加棒球隊的訓練，正樹也走出教室，就在這時，書包傳出震動聲。大概是手機吧，正樹停下腳步拿出手機，收到的不是電話而是簡訊。正樹提高戒心閱讀內容。

寄件人是由美，正文內容是「拜託別讓我抽到」。

「……這又是什麼啊？」

光是收到簡訊就已經很莫名其妙了，這次就連文中內容都無法理解。上次收到井上的「好想跟谷川同學一起當執行委員」至少還看得懂，這回可就不同了。

既然如此，是不是該去向寄件人由美問清楚？

正樹稍做思考，決定至少去看看情況便前往一年級的教室。抵達後正樹發現由美班上的教室門緊閉，他從門的玻璃往裡頭看，他們班似乎延長了放學前的導師時間，不知道正在討論什麼。

看情況應該正在決定園遊會話劇的角色分配。

這樣也沒辦法現在就詢問由美有沒有什麼頭緒。

正樹只好轉身去參加球隊練習。

夜裡。

晚餐後，正樹在客廳悠哉了好一段時間後，回房間前想上個廁所，但按下廁所燈的開關卻遲遲不見燈亮，重新按了幾次還是一樣，正樹立刻去找正在廚房洗碗盤的母親。

「媽，廁所的燈壞了。」

「咦？是喔？那你去看看有沒有備用的燈泡。」

正樹來到樓梯下方的儲藏室翻找，沒有找到跟廁所燈一樣的燈泡。告訴母親後，她無奈地嘆息。

「碗洗好之後我再去買，廁所一片黑也不是辦法。」

在黑暗中感到幾分不安，正樹上完廁所後回到自己的房間。打開房門進去時，桌上震動的手機剛恢復寧靜，不知是電話或謎之簡訊，正樹提高警覺拿起手機，發現似乎是簡訊。假裝沒看到是不是比較好？這樣的想法掠過腦海，但終究還是敵不過好奇心。正樹拿起手機閱讀內容，寄件人是母親，正文是「快點把錢包送來給我」。和上次截然不同的內容讓正樹一頭霧水，此時母親的呼喚聲從一樓傳來。

「有什麼需要的嗎？我順便買回來。」

正樹走下樓梯途中，回答「沒有」。

母親說了「知道了」就開始穿鞋。

正樹注視著母親的背影，對著馬上就要走出家門的母親確認：

「有帶錢包嗎？」

母親說著「當然有啊」並將手伸進慣用的側肩包翻找。只見母親察覺什麼似的輕聲驚叫，不好意思地笑了笑。

「忘記剛才把錢包拿出來了。」

說著走回客廳。

如果母親就這麼忘了帶錢包去購物，恐怕之後父親或自己就要多跑一趟。母親在外頭等待家人抵達時，心中自然會想著「快點把錢包送來給我」吧。

正樹看向手邊的手機。

能躲過這樁麻煩事，算是那封簡訊的功勞吧。

簡訊會寄到這支手機究竟是什麼原理？這之中藏著什麼規則？目前沒有能確定的證據，當下的現象也還不足以推測什麼，既然如此就靜觀其變吧。畢竟之前有改寫過去誤以為是實現願望的前科，正樹告誡自己不能輕率斷定。

但正樹還是不由自主地開始思考各種可能性。

舉例來說，寄到這支手機的簡訊其實來自未來？

幾天前在教室時寄到手機的簡訊內容「好想跟谷川同學一起當執行委員」，以及剛才收到的「把錢包送來」。

這兩封簡訊的共通點在於都預知了不久後的未來。

這時正樹突然想到。

今天那封「拜託別抽到我」的內容究竟是指什麼？

對了，自己還沒向由美確認這封簡訊的內容，離開教室後又因為專注在棒球隊的訓練，完全忘了這回事。

正樹將手機塞進口袋，對著客廳的父母留下一句「我去找一下由美」便衝出家門。

由美家是一幢有著寬敞庭院的平房。

庭院中的手工木架上擺著由美的祖父用心照料的盆栽，小時候來由美家玩，在屋內四處亂跑也不會挨罵，就是嚴禁在庭院奔跑。

到了之後，正樹立刻按下門鈴，打開玄關大門的是由美的母親，她詢問正樹為何來訪，正樹回答：

「請問由美在嗎？」

「在房間啊。」

由美的母親側過身子讓正樹進門。

正樹進了玄關，就這麼順著走廊一路走向由美的房間。這時由美的母親突然回想起什麼般開口：

「啊，對了，正樹你稍等一下。」

「怎麼了？」

「我記得我剛才拜託她打掃浴室，現在應該……」

「在浴室對吧？」

正樹轉身走向由美家的浴室，在木質地板的走廊上快步向前，推開木製的門後走進更衣間。雖然沒看到由美，但浴室裡頭似乎有人。正樹把手伸向浴室門，這時手機開始震動。正樹察覺了手機的反應，但他急著先找由美商量便一把打開門。

「由美，可以借點時間嗎？」

她大概拿著海綿正在刷洗浴缸吧。

正樹的腦海中預料這樣的情景。

但是──

由美正悠哉地泡在裝滿熱水的浴缸中，一絲不掛。

出乎預料的情景讓正樹無從反應，由美似乎也沒想過這樣的狀況而僵住了。

兩人睜圓了眼睛，只是一語不發。

不知算不算幸運，在浴缸側邊和水面反光的遮擋下，正樹看不見她的全身，頂多只有裸露的肩膀。因為從小如兄妹般一起長大，正樹實在不願意看見對方已發育的裸體。但若要說到幸運或是不幸，最不幸的應該是由美吧，不光是突然其來的入侵者破壞了她的休憩時光，自己還全身裸露在對方面前。

一股尷尬的寂靜。

從天花板滴落的水珠濺起水花與水聲。

「……請您慢慢享受。」

正樹先打破沉默，緩緩關上門，走出更衣間，隨即衝向廚房。

「伯母！由美正在洗澡，妳要先跟我說啊！」

由美的母親在客廳看電視，笑著回答：

「我有要說啊，但我話還沒講完你就走掉了。」
「妳還是可以阻止我吧。」
「有什麼關係，以前不是也一起洗澡嗎？」
「我們現在都是高中生了耶！」
「哎呀，到了伯母這個年紀，一不小心就會把高中生當成小孩子。」
「這態度……是故意的吧！根本是故意不告訴我的吧！」
「怎麼這麼說呢，正樹？你要知道，這次的受害者是我們家由美喔，但你怎麼會……」
「她是受害者的話，凶手就是妳吧！」

由美走出浴室前，正樹決定在客廳與長部家的人一起看電視打發時間。伯母為他泡了黑咖啡，因為其他人嘲笑他「裝什麼大人」，他懶得辯解只好改變地點，來到面向庭院的走廊坐下，默默仰望天空。吹過來的風冷冷的，足以讓人確信季節終於來到了秋天。

這時正樹回想起剛才手機震動過，拿出手機一看。

收到的是簡訊，寄件人是由美。內容如下：

——希望正樹忘掉剛才浴室的事——

「……太遲了啦。」

如果剛才先看過這封簡訊，自己就不會輕率地推開浴室門。

不過後悔也無濟於事。

發牢騷也無法改變結果。

又過了好一段時間，由美才走出浴室。

她看見坐在走廊上的正樹，停下腳步後挪開視線。

「……你來啦。」

「打擾了。」

有如浴室情境重現，尷尬的沉默再度籠罩兩人。

剛才的事是不是該當作沒發生過？還是正色道歉比較好？又或者該直接切入正題？

在正樹煩惱時，由美轉身走向自己的房間。

正樹連忙追上去。

「剛才很不好意思，聽說妳在打掃浴室，我以為……」

「算了啦，反正一定是我媽疏忽了吧。」

「我沒敲門也有責任啦。」

「對嘛，下次記得要敲門。」

「知道啦。」

得到由美的原諒讓正樹鬆了口氣，他從口袋取出手機遞給由美。

「今天又有簡訊寄到這支手機。」

「這之前不就講過了？」

「今天收到的簡訊，寄件人是妳。」

「我？」

由美納悶地走進自己房間，正樹跟在後頭。

由美的房內擺滿了可愛的裝飾。

填充玩偶排列在床頭，書桌上也擺著同類型的擺飾，窗簾不是素色，而是印著知名角色的圖案。

看起來實在不像熱愛超自然現象的女孩的房間。

由美坐在椅子上，正樹則坐在床邊，兩人切入正題。

「那你說的簡訊是什麼時候收到的？」

「放學後，大概是你們班上開始決定話劇的角色分配之前。」

「開始決定……你跑來我教室看過喔？」

「看了一眼而已，簡訊裡寫著『希望不要抽到我』，妳有這種心情嗎？」

「我沒有寄簡訊給你啊。」

「我不是要問這個，我的意思是妳有沒有做跟這有關的事？比方說，實際寫過這樣的句子，或是心裡這樣祈求之類的。」

「什麼意思？光是這樣就能讓你收到簡訊？」

「沒有啦，就只是討論這種可能性而已……對了，有沒有這方面的傳說？」

「我還沒調查，最近都沒空啊。」

「這樣啊。」

「對了，那簡訊你還留著嗎？」

正樹打開手機的收件匣一看，訊息還留在裡頭，是怎麼回事？之前的就沒有被留下。實際上，來自井上與母親的簡訊都消失了，但這次有關抽籤的簡訊還存在於收件匣。

簡訊消失與否究竟根據什麼規則？

在正樹思索的時候，由美開口了：

「希望自己別被抽到，我是真的這樣祈禱過。」

正樹將視線轉向由美，由美故意避開視線繼續說：

「今天園遊會話劇的角色分配已經決定了。」

由美說劇本是由班導指定幾個選項，再讓學生從中投票，採多數決。

角色分配則是因為誰也不願意當主角，只好用抽籤決定。

「那時候我確實祈禱著，拜託不要讓我抽到。但是，我還是抽到主角了。」

聽由美這麼說，正樹有更往真相靠近一步的感覺。

簡訊很可能來自未來。

正樹偷看由美的教室時，他們還沒開始抽籤。換言之，在開始抽籤前，提到抽籤的簡訊就已經寄到手機。

井上那次也一樣，母親剛才的情況也相同。

在事態實際發生之前，簡訊就已經寄來了。

「果然是這樣比較合理……不對，等一下。」

正樹突然發現。

「話說，妳要擔任話劇的主角？」

「嗯，不過我在想明天再拜託大家把我換掉。」

看來她今天已經辭退過了。

「劇本是什麼？」

「綠野仙蹤。」

主角桃樂絲被龍捲風吹到魔法國度，為了回到位在堪薩斯的家，與夥伴們同心協力跨越困難。過程中，夥伴們漸漸察覺自己缺少的事物原本就存在於心中。

「哪個角色？」

「桃樂絲。」

「還真的是主角啊。」

「我剛不就這樣說了嗎？」

「不是啦，我不是這個意思，只是覺得就像莉嘉擔心的，妳還真的當上主角了……」

莉嘉這名字一出口，由美的身子猛然前傾。

「你說的莉嘉是宮島莉嘉？」

「對啊，昨天偶然遇到的。那時候剛好聊到園遊會，我告訴她你們班要演話劇，然後就，那個，呃……」

「正樹，你直說就好了。」

由美彷彿已經看穿一切，正樹決定老實告訴她。

「她說，承受不住壓力的由美大概沒辦法勝任主角。」

「……這樣啊。」

由美垂下頭，看來真的很受打擊。過去由美與莉嘉感情很好，得知以前的友人這麼評論自己，恐怕無法不在意吧。

「不過，妳別太在意啦，莉嘉應該也不是認真的。況且……」

「我說啊——」

由美打斷了正樹的話。

「如果我能演好主角，莉嘉會不會對我改觀？不再像過去那樣，她會不會承認我真的用心努力過了？」

看著青梅竹馬那雙直直看過來的眼睛，正樹明白她是認真的。正樹不知道這對由美意義有多大，但至少明白對她來說是需要認真面對的問題，所以正樹回答：

「我想她會認同的。」

由美表情認真地思索了一下，下定決心般點頭。

「我想試試看，努力演好主角。」

「這樣啊，加油喔。」

「嗯。」

這時正樹不經意看向時鐘，發現出門好一段時間了，繼續久待也沒意義，該回家了。

「那我回去了喔。」

「嗯。」

正樹走出房間要關上門的時候，由美說：

「下次記得要先敲門再開門喔。」

「好。」

正樹笑咪咪地回答，隨後到客廳向長部家的眾人道別後走向玄關。這時手機震動了，收到的是簡訊，寄件人是由美，內容如下：

——希望正樹以後會記得敲門——

正樹立刻衝進由美的房間。

「由美！剛剛收到簡訊了！」

「就跟你說要敲門了啊！」

在眾人面前飾演主角，這對由美而言代表什麼呢？正樹過了幾天後，某個午休時間才真正理解。

隨著愈來愈多學生開始投入園遊會的準備工作，校內也飄盪著躁動的氣氛，就像之前的球技大賽。午休時，正樹和井上閒聊打發時間。

「對了，正樹是扮什麼？」

在鬼屋扮演什麼角色。

正樹不愉快地回答井上的問題：

「塗壁。」

「是喔？」

「我原本想顧櫃檯的……」

塗壁。眾所皆知的牆壁妖怪。詢問負責服裝的女同學後，正樹得知自己被設計成那個模樣。類似布偶裝，有露出臉和手腳的洞，但沒辦法轉頭看自己的背後，手腳也無法自由活動。這種服裝和拘束衣似乎沒什麼不同。

「既然都要扮，我比較想扮輕鬆一點的角色啊。」

「比方說？」

「……妖貓之類的？」

「啊哈哈，正樹要戴上貓耳、裝上貓尾巴？」

「感覺就很合適吧？」

「合適到光想像都覺得噁心。」

「什麼意思啊……不過，有個傢伙比我更合適啊。」

「誰啊？」

「之前的同學。」

「之前？我們學校有人轉學出去嗎？」

「沒有轉學就是了。」

「？」

沒人記得那個裝乖女，不，正確來說應該是本來就不認識。既然風間遙香從來沒進這所高中，沒人認識她也是理所當然吧。

不過對正樹而言，這個事實總帶給他一抹寂寥，就像胸口開了個洞，也許就像原本應該有人坐的位子現在空著的感覺。

兩人就這麼閒聊了好一段時間後，同班的女生對兩人喊道：

「欸，來幫個忙啦。」

女同學希望兩人幫忙製作鬼屋需要的裝飾品。這種時候女生的發言權相當強大，語氣透出絕不允許拒絕的強悍意志。

不過老實說，正樹對美工沒自信，實在不想參加。

「啊，對了，你們其中一個人去把黑布拿來吧。」

女同學這麼說。

鬼屋內的必要布置，遮擋光線用的黑布放在教職員辦公室，需要有人跑一趟拿來，當然另一個人就得幫忙前製作業。

正樹與井上交換一個眼神，心意剎那間相通，同時舉起手猜拳。

「剪刀石頭——」

「剪刀石頭——」

隨著「布」的一聲衝出口，兩人分別出了石頭與剪刀。贏的是正樹，井上落敗。正樹握緊拳頭叫好。

「那我去拿黑布來。」

「拜託你了。」

在女同學的目送下，正樹意氣飛揚地走出教室，去辦公室拿了黑布。回班級的路上，經過一年級的教室，正樹的視線不經意掃過教室內，每班都忙著準備園遊會，教室角落都立著尚未完成的招牌等道具。

就在這時——

手機震動，正樹猜想著會是誰，從口袋拿出手機。

這時正樹對寄到手機的簡訊已經不再防備，反倒對訊息也許能預知未來寄予厚望。

這次的寄件人是由美，文中寫著「儘管如此，我還是想辦到」。

正樹為了確認事實，決定改變方向，先到由美的教室看看情況。轉身的同時一個人影迎面撞上，對方驚呼並跌坐在地。

「——啊，抱歉。」

正樹立刻道歉，向那個人伸出手，結果發現對方是由美。

「我才該道歉，剛才走路沒看路。」

「妳這麼急是要去哪裡？」

「有點事要去保健室。」

「保健室？」

在正樹追問前，由美已經快步離開，看起來臉色有點發白，難道是身體不舒服？正樹這麼想著，探頭偷看由美的教室時，兩名女學生說話的聲音傳來。

「長部同學她還好嗎？」

「不知道啊。」

聽她們的對話得知劇本已經出爐了，原本要讓演員按照劇本唸台詞，但是由美站在同學面前時，整個人馬上顯得不對勁，不知是不是因為緊張，就連稀鬆平常的台詞也會口吃。

「長部同學平常站在大家面前也不會緊張吧？」

「嗯，沒這種印象。」

「對啊。」

兩人納悶地歪著頭。

「真的只是身體不舒服吧？」

「畢竟她自己也這樣講。」

在兩人對話結束時，正樹的身影已經消失了。

「長部同學？老師得離開一下，沒問題嗎？」

「我沒事。」

保健室老師告知躺在床上的由美後，離開保健室。

在空無一人的保健室內，由美盯著自己的雙手，握住拳頭而又鬆開。

「現在沒事了。不過，我還是不行嗎？」

就這樣繼續擔任主角，絕對會給大家帶來麻煩。既然如此，應該趁早——

「可是，妳其實還是想辦到吧？」

轉頭看向說話聲的來源，發現正樹站在入口。

「你怎麼在這裡？」

「有點擔心，所以來看看狀況。」

正樹將附近的椅子拉到由美身旁後坐下。由美說：

「也許真的不行。」

「才剛開始而已吧。」

由美聽了搖頭。

「我只要一想到不可以失敗，腦袋就會一片空白——所以我知道，這次也會像畢業典禮和接力賽一樣失敗。」

不過——

「我原本覺得，這次的話劇如果能演好主角，也許就能稍微克服這個缺點。但我想得太簡單了，光是想像正式演出時的感覺，我就不行了，還是早點放棄請別人頂替比較好。」

「妳本來就知道自己會緊張，還是決定要接下主角吧？」

「但這樣下去會給大家帶來麻煩。」

「算不算麻煩應該不是由妳來決定。」

現在重要的不是同情，而是想辦法挽回由美要放棄的心。

正樹從口袋取出手機——那支有問題的手機。

「剛才這支手機收到妳傳來的簡訊。」

「只是幻覺吧。」

「先聽我說完。上面寫著『儘管如此，我還是想辦到』。」

「——！」

由美的肩膀微微一顫。

目睹那反應讓正樹確信自己的猜測，但他假裝沒發現，繼續說：

「意思就是妳其實不想逃避，對吧？」

由美俯著臉緊抿嘴唇，緊抓床單。

正樹將視線從床單上挪開。

「妳記得我之前有退出棒球隊吧？我那時會退出是因為很自私的理由，更惡質的是，我還認定責任是在隊上的大家身上。不過大家最後還是接納了我——所以一定沒問題的。」

「什麼沒問題？」

「也就是說，只要妳好好解釋自己接下主角的理由，大家都會幫助妳的，不用擔心啦。想幫助真正努力的人是很自然的想法，所以妳就向大家坦承嘛。」

「……」

由美沉默了好半晌，最後喃喃自語般輕聲說：

「其實，我還沒跟莉嘉道歉，那時沒有回應她的期待，我希望這次的話劇演出能讓她對我改觀，然後再跟她道歉。」

正樹認為那次的事件由美不需要道歉，反倒是莉嘉當初對由美道過歉了。但是對由美而言，這也許是克服眼前高牆必要的過程吧。既然如此，身為青梅竹馬，至少該給予支持。

看著由美凝重的表情，正樹將掌心擱在她頭上。

「那就得好好努力才行啊。但是妳可以稍微放輕鬆，既然要做就開開心心地做。」

「……嗯。」

這時正樹聽見細微的聲響，聲音是從保健室入口的門另一頭傳來。正樹走向門口，一口氣拉開門。

兩個由美的同班女同學擺出偷聽的姿勢出現在門後。

「呃，這個嘛，那個～～……」

兩人支支吾吾找藉口，但她們來不及想出理由，露出尷尬的苦笑。

正樹裝作沒看見苦笑，轉頭看向由美。

「總之，無論妳是要繼續還是要放棄，都要跟同學們老實商量過一次。隱瞞真正的理由就推辭，這樣很不負責任喔。」

「這我是知道……」

由美看向那兩人。

兩位女同學像是理解了什麼般連連點頭。

正樹不理會她們的交流，逕自走出保健室，背後——保健室傳來兩人的說話聲。

「為了讓長部同學克服，我們也會幫忙的，我們一起努力吧！」

由美究竟會做出什麼結論呢？
大概不用想也知道吧。
回到教室的途中，正樹的嘴角揚起一抹微笑。

隨後，手機再度收到簡訊。
寄件人是遙香，內容是「就親眼去確認事實吧」。
「……是要確認什麼？」
不懂實際的意思，不過如果假設正確，這訊息應該是未來的遙香傳來的。
如果可以，正樹也想立刻打電話問遙香，但這簡訊棘手的地方就在於是未來傳來的訊息，現在再怎麼問也可能問不出個頭緒，況且就連要怎麼問、問些什麼都不曉得。
因此正樹此刻可說是束手無策。

要布置鬼屋也很耗費心力。
棒球隊練習的休息時間，正樹在操場旁抬頭仰望燈亮著的教室。
但正樹不會在練習結束後去幫忙。拖著筋疲力盡的身軀去幫忙繁瑣的美工作業，自己應該會受不了。

「吉留你們班上要幹嘛？」

正樹對躺在一旁的吉留問道。

「擺攤賣吃的。」

「賣吃的喔～～……那你們班就要驗尿了？還是已經驗了？」

班導曾說過若要做餐飲相關的就必須驗尿。

但吉留搖頭說道：

「那個是如果冰罐裝飲料要用到冰水冷卻才需要。」

「真的假的！」

「真的啊，所以我們班決定跟廠商借冰箱。」

「……跟廠商借？這麼正式喔？」

「沒有啦，不是你想的那種大型的，只是家庭用的小冰箱。」

「哦～～」

正樹再度看向操場圍籬的另一側。

今天學校的氣氛好像和平常不太一樣。

剛才汗流浹背地練習棒球時，一直聽到圍籬另一頭傳來騷動聲，起初以為和園遊會有關，但似乎並非如此。聽說校門口有別的學校的女生在等人，至於為何會發展成小騷動，是因為那女學生是個相當高水準的美少女。

「不知道是在等誰。」

吉留以閒聊的語氣說道。

「誰曉得。雖然不知道是誰，但她特地從其他學校跑來，應該是有重要的事吧。」

從距離這間高中最近的學校來也得搭電車，那女生不怕麻煩跑來這裡，肯定是有很重要的事想告訴那個人吧？無法理解的是，難道沒辦法用電話或簡訊解決嗎？

「正樹，聽說她超可愛的，要不要去看一下？」

「我不用了，只是她人還在喔？」

現在還留在校內的只剩參加社團活動的人，以及忙著準備園遊會的學生而已，其他人都已經回家，她等的那個人可能也早就回去了。這時吉留發現他的朋友走在圍籬另一側，便趁機問別校的女生是不是還在校門口。對方回答「還在」。

「還在喔，走嘛，正樹，去看看啦。」

「就說不要了，而且休息時間已經結束了吧？」

「稍微看一下就好。」

「不行啦，你是隊長耶，當個榜樣啊。」

「正樹的腦袋真死板耶～～」

吉留發著牢騷，還是拉高音量對大家喊出「休息結束」的指令。正樹也遵照指令，將手邊的寶特瓶放到一旁，戴上手套，邁步走向操場。

問題就發生在守備練習的時候。

正樹不經意轉頭看向校門口，發現那裡聚了一群人，大概是去一探究竟的學生們。正樹這麼想的時候，整群人開始朝他的方向移動，來到阻隔操場的圍籬，耳熟的聲音投向正樹。

「正樹同學～～！」

瞬間，正樹嚇得噴出口水。

站在圍籬另一頭的，正是穿著其他學校制服的風間遙香。她露出一如往常的笑容，對著正樹揮手。

「……為、為什麼會出現在這裡？」

後來一問才知道，遙香在校門口等待時造成不小的騷動，讓老師前去處理。她跟老師說自己有事要找棒球隊的篠山正樹才在這裡等，於是得到了進入校內的許可。

輕易放不相關的人進校園也許是這學校的安全意識有問題，又或者是因為風間遙香的外貌。

無論是什麼理由，遙香就這麼入侵了校園。

「正樹同學～～！」

遙香的聲音再度投向他。

另一方面，正樹的不知所措仍未平息。

為什麼跑來自己的學校？她的目的究竟是什麼？難道有什麼不滿？恐怕是不當面說就無法消氣的內容。最近自己是不是又搞砸了什麼？但再怎麼想都毫無頭緒。

就在這時——

「人家在叫你啊，正樹。」

吉留說道。

正樹沒轉頭就回答：

「現在還在練習吧。」

「哦～～所以是之後再聊？對了，正樹。」

「幹嘛啊。」

「那個人，是你女朋友嗎？」

「沒有，不是——啦……」

正樹轉頭看到眼前包含吉留在內的棒球隊員的臉，因而啞口無言，所有人用充滿怨恨與憤慨的眼神盯著正樹。

這眼神正樹似曾相識。過去與遙香假裝交往的時候，校內各處都有這樣的視線刺向他。

沒想到居然會再度體驗。

「人家不就一直喊你的名字嗎？你不去一下真的可以嗎？正樹同學～」

「你們幹嘛一副想吵架的樣子啊？」

「所以，你們是在哪裡認識的啊，老實說啊。」

「呃……算筆友吧？」

「哦，寫信認識的喔？好純情喔～話說這種純情美少女到底是哪裡搞錯了，怎麼會跟篠山正樹同學扯上關係啊～」

「你問我我也答不上來……」

「看，人家又在叫你了喔。等一下一定還會說『加油喔』，呸！」

不爽的棒球隊員們拋下練習，對正樹發洩怨氣甚至還吐痰。

這氣氛可能下一秒就會爆炸，現在只有避免擦槍走火才是上策。

但是——

「正樹同學～我在叫你啊～」

遙香的呼喚還是不停。

可惡，拜託現在先安靜一下。

正樹想用眼神制止遙香，但這時他發現遙香的嘴角掛著嘲弄的笑容。他終於明白這傢伙是故意的。她絕對是故意陷害篠山正樹落入窘境，個性真是差勁透頂。

「喂喂喂，人家還在叫你耶，正樹同學～你可愛的女朋友在叫你啦。」

「你們口氣是不是愈來愈差了？」

「你快去啦，篠山～」

「好、好啦。」

正樹漸漸感覺到生命危險，朝遙香跑去。但那也不是安全地帶，遙香的身旁環繞著一群男生，對她口中的「正樹同學」充滿敵意。

話雖如此，也沒必要搭理他們。

既然遙香在場，他們也不會危害正樹吧。

正樹繞到圍籬另一側，終於與遙香面對面。他刻意和遙香保持一段距離。

「好久不見，正樹同學。」

「妳好。」

「怎麼了嗎？好像特別見外。」

「沒什麼……」

正樹掃視一旁的男生後，打量遙香全身上下。

她穿著不熟悉的別校制服。

剛才傳聞中的別校女生就是遙香吧？

「……妳怎麼會跑來啊？」

「之前見面的時候不是講過了嗎？我想看看你的學校，也想看看你的狀況。」

「幹嘛啊？」

「因為有事想確認。」

遙香說著走向正樹。

此時，正樹舉起手將掌心朝向她，大聲喝止：「別過來！」遙香納悶地環顧四周，隨後問：「你這句話是在對我說嗎？」

「對，妳別過來。」

「為什麼？」

「那是因為，那個……」

正樹支支吾吾了好半晌，最後害臊地嘀咕：

「我全身都是汗臭味。」

「啊哈哈，不會啊，而且流汗是正樹同學努力的證據，我反而滿喜歡的喔。」

剎那間，周遭傳來複數的咂嘴聲。大概是認為兩人有特別的關係，男學生們紛紛對正樹投出「想殺人」的眼神後，人群漸漸散去。

「……妳到底想把我怎樣？」

想讓我明天就被人圍攻嗎？

「真是這樣的話還滿有意思的，我也想看看被眾人圍攻的正樹同學。」

「……所以，妳跑來是要幹嘛啊？」

「就是我剛才回答的啊，我來看看學校和你。雖然只有你記得，我還是想看看自己曾經念過的學校。」

遙香看向從身旁走過的女學生，喃喃說出「制服很可愛呢」的感想。

「而且，你以前不是在明信片上撒過謊？所以我得親眼看看你是不是真的過著充實的高中生活。」

「……我還真沒信用。」

「你還沒做過任何能讓我信任的事啊。」

「……」

雖然自己曾經為了拯救風間遙香的性命而努力，但遙香這麼說也不是沒道理。對眼前的她而言，過去的好感也都來自一個陌生對象的感情。

「不過，你現在很享受每天的生活看來不是騙人的。」

「那當然。」

「嗯，知道這點就夠了，那我要走了。」

「咦？要回去了喔？」

「再待下去也沒意義啊。」

「那我送妳到車站，妳是搭電車來的吧？」

「哦？你要送我喔？」

「我可是紳士。」

「啊，是喔。」

「不過，得等到練習結束就是了。」

「大概幾分鐘？」

「呃，大概還要一個多小時。」

「我怎麼可能等到……」

話說到這裡，遙香閉上嘴看著正樹身後。

正樹以為又有其他學生來，沒想到轉頭一看，發現吉留等人笑著站在不遠處。看見正樹轉頭，他們鬆開手任憑手中的行李掉在地上。仔細一看，那些都是正樹的個人物品，正樹連忙跑上前逼問他們是什麼意思。吉留和隊員啐了一口後說：

「快滾。」

「咦？為什麼……」

「你這混帳已經不是我們的夥伴了——好啦，玩笑就開到這裡，再讓人家等一小時不好意思吧？既然人家特地跑來看你，就陪她一起回去吧。」

「不過練習……」

「哎呀，一天而已沒關係啦，反倒是不懂得珍惜女生的男人，我們棒球隊才不要。所以你今天可以回去了！」

「……你們到底是體貼還是小氣啊？」

不過好意就該心懷感恩地收下。

「知道啦，那我今天就先回去了。」

「嗯，明天見。」

正樹與吉留等人道別，再度回到遙香身旁。

「——就這樣，所以我可以回去了。」

「是喔？不過走的時候記得保持距離喔。」

「為什麼？」

「汗臭味。」

「……」

一句話刺穿心窩。

還是回去打棒球好了。

正樹這麼想著。

在逐漸轉暗的天空下，正樹牽著腳踏車，配合她的步調走在亮著零星幾盞路燈的路上。

正樹首先從無關緊要的日常瑣事開始講起，閒聊數分鐘後將話題轉向園遊會。「當天要不要來逛逛？」正樹邀請遙香後，遙香以冷淡的語氣反問：

「為什麼我非去不可？」

果然會這樣回答啊。不過這也在正樹的預料之中，回嘴的話早已準備好了。

「對喔，遙香同學好像特別怕鬼？啊，所以妳才不來吧？畢竟我們班要辦鬼屋。」

「啥？什麼？我才不在乎呢，而且園遊會的鬼屋頂多就是騙騙小孩子的程度，去了說不定還會打呵欠。」

「哦～～是這樣喔～～遙香同學真的好厲害呢～～」

「你這口氣是怎樣？是在挑釁我嗎？」

「怎麼會，我只是很敬佩而已。畢竟我們班上同學都很有幹勁，我對成果也滿有自信，不過在妳眼中肯定不算什麼吧。」

「那當然，根本就不算什麼。」

「那就等妳當天來挑戰嘍。」

「好啊，你就等著吧。反倒是你可別讓我失望了。」

風間遙香比想像中還容易落入激將法的陷阱。

「你們學校沒有園遊會嗎？」

「園遊會六月辦過了，不過我們學校不久後會有校內合唱比賽。」

正樹詢問比賽日期，得知就在園遊會的一星期後。

「三年級要準備應考所以不參加。但這是學校的傳統活動，當天附近的居民也會來參觀，人數不會太多就是了。」

「哦，是這樣啊……」

說到校內合唱比賽，就讓正樹想起國小時被迫參加老師們擅自決定的比賽，當時大家不情不願地練習。

「怎麼樣，練習好玩嗎？音樂課應該都用來練習了吧？」

「是有在練習，也沒什麼好不好玩的，就很普通。」

「普通是怎樣啊？都要練習了，不好好享受可就虧嘍。」

「不過就是校內合唱比賽罷了，是要享受什麼？」
「妳真不懂耶，只要揮灑汗水和眼淚去努力，就很有樂趣了啊。比方說棒球隊的練習，站到客觀角度看根本就不好玩。儘管成天練到累趴又渾身髒兮兮，到了大賽還是一兩輪就被淘汰，離甲子園也遙不可及，要當上職業選手更是不可能。明知如此還是在練習，因為跟大家一起用盡全力去做一件事很好玩，說穿了就是遊戲而已。因為是遊戲才更要拿出全力，不管是園遊會還是校內合唱比賽都一樣，重點在於有沒有想努力去玩。」
「……」
遙香沉思了一會兒，之後問正樹：
「那麼，如果你是我，你會怎麼做？」
「『怎麼做』是要做什麼？」
「我是說，你會想在合唱比賽好好努力嗎？可是班上的大家都覺得敷衍過去就好了。」
「這就只能看自己了吧。如果有值得努力的理由，也許我會努力看看。」
「是喔……」
簡短回答後，遙香再度陷入沉思。
她究竟在想些什麼？正樹原本想問，但還是把問題吞回去。問了她也不一定會回答，反正八成是合唱比賽的事，正樹也沒太大興趣。

不久兩人抵達最近的車站，但遙香沒有立刻走進驗票閘口，並不是因為捨不得結束和正樹的對話，而是這裡每小時只有兩班車，車子到站之前得先打發時間。正樹從一開始就明白這一點，所以也沒什麼怨言。

「不過這附近還真冷清得不像車站啊。」

遙香環顧四周。

這附近沒有「商圈」的概念吧。

藥店、日用雜貨店、理髮廳、零嘴店、自行車行、居酒屋……無論哪一間店都是兩層樓的民房將一樓改裝成店面的小店家。

放眼望去，找不到年輕人能打發時間的娛樂設施。

正樹的視線飄向零嘴店前的冰櫃。

「我想問一下喔，如果我現在請妳吃冰，是不是等於放學後和妳約會？更進一步地說，既然約會了，是不是就等於正在交往？」

過去曾經在放學後讓遙香請吃冰，她誤以為是在強迫她約會，最後演變成與她假裝交往的窘境。

究竟眼前的風間遙香會怎麼回答呢？

遙香瞥了正樹一眼，嗤之以鼻。

「怎麼可能啊，如果有人因為這點小事就牽扯到什麼放學後約會或男女交往，那我還真想親眼見識一下那人長什麼德行。」

「呵呵呵，很想見識一下對吧？呵呵呵。」

「你是在笑什麼？」

「啊～可惡～如果我手上有鏡子就好了～」

「什麼？鏡子？」

不理會一頭霧水的遙香，正樹強忍著笑。

不過，為什麼她和過去的遙香想法會這麼不同啊？是因為歷經不同的人生、思考方式不一樣？或者只是因為狀況不一樣？

當時風間遙香眼中的篠山正樹是個卑鄙無恥的小人，這種差勁透頂的男人絕不可能只要求吃冰就了事，從這點出發最後失控聯想到約會和強迫交往。

不過這次不一樣。

現在風間遙香沒有將篠山正樹當成差勁透頂的渣男，所以也沒有過度提防的必要性。就算放學後一起吃冰，也只是單純一起吃冰罷了——也許背後的理由就這麼單純。

正樹想著想著，突然想確認她和過去的風間遙香有多少差異，因此他走到附近的自動販賣機投入硬幣，轉身看向遙香。

「想喝什麼？我請妳。」

「不用了。」

正樹首先買了自己要喝的熱咖啡，隨後買了遙香應該會想喝的飲料丟向她。遙香在胸前接下飲料，看了一眼之後瞇細雙眼。

「你為什麼會覺得我想喝熱奶茶？」

「猜錯了？」

「……猜中了。」

「那不就好了？」

正樹在心中默默想著這個人前後還是有些相同之處嘛。他拉開拉環喝了一口，遙香觀察他的反應後說：

「該不會以前的我曾經在你面前喝過奶茶？」

正樹點頭回應，遙香的嘴角不愉快地往下拉。

「感覺有點不甘心，我明明沒告訴過你卻被你知道。」

從沒提過的生活習慣卻被對方得知，照常理想，這情境詭異得會讓人忍不住懷疑對方是跟蹤狂吧。實際上那是何種感覺，正樹也只能想像。

在這之後兩人聊了些什麼來打發時間，正樹也不太記得了。在學校做了什麼、在家裡做了什麼，諸如此類的日常瑣事。兩人之間也沒有什麼歡喜的笑聲，閒聊時的語氣平淡，奇怪的是正樹不覺得無聊，有時聽見她在一旁輕笑，正樹就覺得滿足了。

遙香要搭的電車是往都市方向，不過反方向的電車先到了。

只有兩節車廂的電車停下來後，一名乘客走出車門——是女高中生。正樹忍不住盯著她走出驗票閘口，因為她穿著和遙香同校的制服。直到她走過眼前，正樹這才發現——

「喂，莉嘉。」

呼喚她的名字之後，她轉過身來，看見眼前的正樹而露出笑容。不過她立刻看向正樹身旁的遙香，納悶地歪過頭。

「風間同學？妳怎麼會跑來這裡？」

看來她似乎認識遙香，不過她們究竟是怎麼認識的？因為兩人穿著同樣的制服，正樹心中猜測：遙香不管在哪個學校都會成為風雲人物吧？

不過事實並非如此，莉嘉跟遙香說她們是同班同學。

遙香以習慣應付這類問題的語氣回答「只是有點事」。

「哦？有事來這個地方喔？但是這裡什麼也沒有吧？我以前住在這鎮上，那個時候就這樣了。」

「是喔？」

「對啊，不過我也是有事跑來這裡啦。」

兩人自然地交談，但從旁人角度來看是不搭調的組合。看起來一本正經的班長以及凡事得過且過的時下少女，天差地別的兩人隨意閒聊的模樣看起來有些不可思議。

「話說，我可以問一下嗎？」

遙香的視線在莉嘉與正樹之間來回游移。

「你們兩位認識？」

大概是正樹剛才直呼莉嘉的名字讓她覺得好奇。

「嗯，小學的時候常一起玩。」

莉嘉解釋了幾天前巧合的重逢，緊接著打量正樹與遙香並反問：

「我也想問個問題……你們兩個在交往嗎？」

遙香聽了連忙否認。

「沒有啊，不是妳想的那樣。」

也不用這麼快否認嘛——正樹在心中怨嘆。

「那你們是什麼關係？」

「算是……朋友吧。」

「哦～～朋友啊……」

莉嘉表情看來並未接受這答案，但也沒有繼續追究，大概是沒什麼興趣吧。三人短暫閒聊後，傳出手機鈴聲。那不是打給正樹或遙香的電話，莉嘉從口袋拿出了手機。

「──啊，不好意思，我接個電話。」

她與兩人拉開距離，接起電話。

同一時間，正樹看見燈光從遠處快速逼近。看來往都市方向的電車已經來了，正樹提醒遙香之後，遙香拜託正樹轉告莉嘉她先走了，隨即走過驗票閘口到月台上，搭上駛進月台的電車，對著車窗另一側揮了揮手。

「嗯？風間同學呢？」

莉嘉回來了。

「剛才車來了。」

這時正樹才突然想起。

「對了，差點忘記跟妳說──莉嘉，園遊會妳一定要來喔。」

「我？為什麼？」

「因為由美要演話劇的主角。」

「咦？真的喔？」

莉嘉露出若有所思的表情，然後說著「也好啦」並笑了笑。

「你幫我告訴由美我會去看，請她好好加油喔。」

「話說妳自己不加油嗎？合唱比賽。」

「啊，是風間同學告訴你的吧……嗯，不打算出什麼力吧。」

「為什麼啊？既然一定要參加，努力一下有什麼不好？」

「有什麼好啊，不過就是合唱比賽，努力也沒什麼意義啊。況且努力這類的事，我小學的時候就畢業了。」

「畢業是什麼意思啊？」

「學到『努力』這玩意兒有多麼空虛啊——啊，來了。」

「來了？」

正樹轉頭朝莉嘉的視線看去，一輛轎車開到離兩人有一小段距離的地方停車，下車的是前幾天載莉嘉離開的男性。

「我該走啦。」

莉嘉說完便走向那轎車，正樹連忙扣住她的手臂。

「……咦？幹嘛？」

「也許我這樣是多管閒事，不過，別做那種事。」

「『那種事』是哪種？」

「就是那個，人家說的援助交際。」

身為老朋友，正樹也不願意對她說這種話。儘管如此，那還是不該做的事。而且因為認定對方是朋友，正樹才想阻止莉嘉。

不過——

「……什麼？你說誰在援助交際？」

「妳啊。」

「和誰啊？」

「不就是站在那邊的大叔。」

「那是我爸！」

「……咦？」

預料之外的回答讓正樹緊繃的情緒瞬間放鬆，不過他立刻反駁：

「等一下、等一下，妳之前不是說什麼『戀人以上，家人以下』嗎？」

「因為我爸媽離婚了啊。」

「……咦？真的？」

「真的啊。」

「……」

「哎，所以我才無法說那個人是家人啊。」

「……原來是這樣。」

「話說回來，我之前不是說過他是我的『爹地』嗎？」

「就是這種講法害我誤會啦！」

「你幹嘛大吼大叫啦。」

「因為我是真的擔心啊！」

「啊，是這樣喔，不好意思。」

「妳明白就好……」

換作遙香，肯定還有無數怨言要吐吧，莉嘉則是二話不說就道歉了，正樹也沒辦法再多說什麼。

莉嘉笑著對默默站在原地的正樹道別。

「那就這樣嘍。」

「嗯。」

莉嘉跑到那男人身旁，兩人交談幾句之後男人先坐進車內，隨後莉嘉也跟著上車。上車前她再度對正樹揮揮手，車子很快就開離車站。

正樹放下揮著的手，表情凝重地嘆息。

「離婚嗎……那傢伙的家庭好像不順利啊。」

平常總是擺著一副輕鬆自在的態度，但背地裡也有她的辛酸吧。

一想到這裡，正樹不禁對莉嘉感到同情。

宮島家的對話總是千篇一律。

「書讀得怎樣？」

對晚餐伸出筷子的同時，母親對兒子問道。

回答只有他邊看電視邊回答的「就那樣啊」。

母親接著看向莉嘉說：

「為了明年就要考試的弟弟，多幫媽媽的忙。」

「我知道。」

弟弟啟太今年國中三年級，母親對他抱有很高的期待，無論如何都希望他考上明星高中。身為護理人員的母親去工作時，家事大多由莉嘉負責。

「媽媽明天上夜班，不用煮我的晚餐。」

「嗯。」

對話就此結束。滿臉疲憊的母親默默動著筷子，啟太直盯著電視，莉嘉則是看著手機畫面不停輸入回訊。

莉嘉第一次擁有自己的手機是在小學三年級時。

因為父母都在工作，需要聯絡工具。

——不是媽媽打來的電話不可以接喔——

母親再三叮嚀。

莉嘉一直遵守這個約定，一次也沒在手機裡聽過母親之外的聲音。儘管如此，對當時的莉嘉而言，手機身負相當重要的職責，也有其價值。

對她來說，無論是在家、在學校，或是上鋼琴課，甚至和母親面對面的時候，那支手機都是無法離身的重要之物。

就這角度來看，莉嘉從國小到高中對手機的依賴度沒有多大的改變。

為了不論在何時何地都能回訊，她總是將手機放在伸手可及之處。只要接到朋友的訊息，無論再怎麼無聊的內容也會開心地回應。

這就是現在的莉嘉——不，是現今社會的狀態。

聽不見說話聲，在耳畔的只有電視與筷子的聲音，手機螢幕上文字平淡地捲動。

究竟從何時開始，餐桌上不再有談笑聲？
究竟從何時開始，鮮少聽見家人們的說話聲？
究竟從何時開始，不再向人說自己的事了？
不再向母親說在學校發生什麼事，是從什麼時候開始的？
不再向朋友抱怨昨天被母親叨唸，又是從什麼時候開始的？
莉嘉已經記不得了，也不覺得有必要回憶。
現在人與人的關係，統統都裝在手掌大的手機裡。對那樣單薄的機器抱持特別的感情，恐怕是強人所難吧。

今天早晨的導師時間，班導站在講台上詢問學生們：
「關於這次校內合唱比賽，有沒有人會彈鋼琴？」
依照慣例，本校的傳統活動校內合唱比賽，鋼琴伴奏也是由學生負責。因此如果沒人會彈，就得拜託其他班級的學生或是音樂老師，也因為每個班級選擇的歌曲不同，若要拜託別人就得趁早，太晚會導致伴奏的練習時間不足。
「喂～～都沒人嗎？如果有人會彈，我想盡量讓班上同學來做。」
導師說音樂老師能幫忙的班級數量也有限，如果真的沒人會彈，那也沒辦法，不過如果有人選，還是希望盡量由同學出力。

這時一名男生無所謂地說：

「我記得宮島好像會彈鋼琴吧？」

就只是說出所知的事。以前念同一所國小的他以這樣的口氣說出這句話。

不過班導一本正經地詢問莉嘉是不是真的。

「啊，是有學過，不過是很久以前了。」

「那可以拜託妳嗎？」

「可是……」

伴奏換個角度來看相當於班級代表，莉嘉不願擔這種責任。

莉嘉感到為難時，剛才那個男生再度以無所謂的口氣說：

「反正合唱比賽沒人會認真練習，不用想得太嚴重吧？」

「隨便應付一下就好。」班上同學似乎也同意，露出毫無幹勁的表情點頭。誰也不會認真面對合唱比賽——這似乎是班上同學統一的見解。

這樣應該無所謂吧？

如果只要輕鬆彈就好——莉嘉答應了班導的請託。

「不曉得是什麼傳統啦，反正有夠麻煩的吧？」

導師時間結束後，朋友對莉嘉說道：

「說到合唱比賽，莉嘉妳在國小或國中的時候沒有嗎？」

「我國中的時候沒有。」

「真的喔？我國小和國中都有。真的超煩的耶～這種時候班上都會有一兩個人特別積極吧？那是在想什麼啊？討好老師？」

「和園遊會一樣吧？有活動就想趁機開心地玩一場啊。」

「哪有～絕對不是吧。園遊會很好玩啊，大家一起在教室準備到天黑，開開心心、熱熱鬧鬧，但是合唱比賽喔，感覺就像上課的一部分，被老師強迫參加跟練習的感覺。」

「聽妳這樣說，好像真的是這樣。」

「對了，妳覺得我們班上有誰會特別積極嗎？」

「咦？」

「我剛才不是說了嗎？合唱比賽這種活動總是會有人特別投入，妳覺得在我們班上誰會是那種人？」

「會是誰啊，像是那個～……」

莉嘉隨口提起幾個同學的名字，但朋友似乎都不怎麼贊同。莉嘉又想了老半天，最後還是沒個答案。

就在這時，有個女學生走進視野裡。
「風間同學呢？」
「她會嗎？雖然一板一眼，但平常也沒有那種很積極的感覺。不過如果風間同學跟妳說『我們一起加油吧』，妳會怎麼辦？」
「辦不到。」
「就是說嘛，誰要為了合唱比賽辛苦練習啊——啊，老師來了。」
因為教師走進教室，對話就此結束，朋友快步回到自己座位。
莉嘉回想剛才的對話。
「……誰要為了合唱比賽辛苦練習啊。」
當時莉嘉回答「辦不到」並非因為是合唱比賽，更正確地說，莉嘉無法為了什麼目標付出心力。
有句話說，努力自然會有回報。
只要付出心力，自然會得到相對應的結果。
但莉嘉厭惡這句話。
因為那是勝利者才能說出口的話，努力之後獲得回報的人才能這麼說。
而勝利者是眾人之中的一小部分——能成為職業棒球選手的人、能爬上公司上層的人、能在大賽得獎的人，都只是一小部分。

在他們腳底下有成千上萬的失敗者。

對勝利者而言，這些人也許單純只是努力不足吧？只要更加努力，之後一定還是會獲得回報。

如果真是這樣該有多好？莉嘉想著想著，深深嘆了一口氣，將視線轉向黑板。

風間遙香向莉嘉搭話，是在午休的時候。

上完廁所正在洗手時，遙香就在一旁。

「那個，宮島同學？」

「怎樣？」

看見莉嘉洗完手用裙襬擦著手，遙香納悶地問：

「手帕呢？」

「沒帶啊。」

「要借妳嗎？」

「咦？妳隨身帶著喔？」

莉嘉接過手帕擦手，敬佩地點頭。

「這就是人家說的淑女風範吧，哎呀～～真是嚇了我一跳。」

「這應該很普通吧……」

「所以就是我不正常嘍？喔喔，風間同學講話真直耶～～」

「不是，我不是那個意思……」

「啊哈哈！開玩笑的啦，謝謝妳的手帕。」

莉嘉遞出手帕後，與遙香一起走在回教室的走廊上。平常她們的關係只是一般的同班同學，少有這樣並肩而行的機會。一般而言，這種氣氛多少會有些尷尬，再說兩人之間幾乎全無交集，不過宮島莉嘉還是沒讓對話出現空白。

這時遙香突然想起。

「對了，宮島同學以前住在那邊吧？」

莉嘉猜想她指的應該是正樹住的那個鄉下小鎮，便點頭回答：

「沒錯，我是在那個鎮上出生，升上國中前就搬到這裡了。」

「所以在國中之前都住在那邊？」

「是啊，問這個要幹嘛？」

「也沒什麼……那時候妳和正樹同學都一起做些什麼？常常一起玩嗎？」

「也不算很常啦，只有一段時期一起玩而已。」

鋼琴課結束後回家的路上，正好看見他們人數不夠無法打棒球，一群人在空地上煩惱，就決定加入他們。

「算是時機剛好吧，那時我覺得不該老是練琴，也該出來外面跑跑跳跳。」

那個時候，莉嘉在空地角落發現一個抱著腿坐著觀摩的女孩。

「正樹有個姓長部的青梅竹馬，妳認識嗎？」

「妳是說長部由美同學？只見過一次而已。」

「這樣應該也算認識吧？哎呀，算不算也沒差就是了。」

這時兩人之間出現一拍的空檔。對遙香而言沒什麼不自然的空白，但莉嘉煩惱地搔了搔頭，接著說：

「由美看起來沒什麼煩惱，但她不太能承受壓力，她想在這次的園遊會擔任話劇主角來克服這個困擾。」

「是這樣啊，真了不起。」

「對啊，是很了不起——不過，真有必要努力嗎？」

「什麼意思？」

「會受到眾人注目的機會本來就不多，必須站在那種場合的人少之又少，絕大部分的人都是不起眼地生活。一般人都是這樣，大家還不是活得好好的？所以不受人注目也無所謂，由美根本沒必要努力去演什麼主角吧。」

「……是這樣嗎？」

「本來就是啊，如果把『努力會獲得回報』當作前提，就會對自己失望。因為大多數人的努力都不會獲得回報，況且只靠區區園遊會就能克服嗎？老實說，我覺得會以白費功夫收場。」

「會不會白費功夫，得看拿出多少決心吧？我覺得問題不在為了什麼目標而努力，而是能不能真的拿出決心去努力。」

「哎呀呀，這回答還真教人意外，原來風間同學是這種個性啊？」

「咦？」

「因為每次學校有活動，妳雖然會認真參與，但也不至於拚命努力啊。我以為妳算是比較理性，或者說是注重實質意義吧？」

「這個嘛……」

「不過，是怎樣都沒差啦，就這樣嘍。」

抵達教室後，莉嘉就逕自走向她的朋友。

遙香凝視著逐漸遠離的背影，思考著自己。

莉嘉說的是事實。

比方說校內合唱比賽。

那種活動根本就不重要，這是全班的共識。雖然音樂課用來充當練習時間，但誰也不會認真參與，練習時間就是休息時間，大家的感覺就是這樣吧？

遙香也是其中的一分子。

與學業成績無關的活動沒必要特地耗費心力，如果連這種事都要盡心盡力才叫揮灑青春，拜託別算上我，我對什麼青春沒興趣。

自從得知篠山正樹過著與「青春」二字遙不可及的生活後，遙香就一直這麼認為，所以她也不曾自願擔任運動會或園遊會的執行委員。表面上裝出一副認真參與的模樣，但在面具底下總是認為與己無關。

「……不過，現在不一樣了嗎？」

篠山正樹確實說過謊，宣稱自己過著令人嚮往的青春生活，實際上卻過著單調無趣的每一天。

但是現在他已經回到棒球隊，快樂地享受高中生活。這一點從晚上打來的電話，以及前些日子遙香前往學校確認時，已經得到證明。

他確實愉快地過著每一天。

但自己維持這樣真的可以嗎？

對篠山正樹失望，因而對「青春」二字嗤之以鼻，懷著這種想法的自己真的有資格繼續待在他的身邊嗎？

遙香不禁想著。

想看看與他同樣的景色。

這樣的感情在遙香心裡深處倏地萌芽。

為此該做些什麼才好？

正樹是這麼說的：

——大家一起用盡全力去做一件事很好玩——

——不管是園遊會還是校內合唱比賽都一樣——

——重點在於有沒有想努力去玩而已——

既然如此，嘗試看看也不錯吧？

努力看看也無妨吧？

遙香靜靜地下定決心後開始行動。

首先找上平常交情比較好的朋友，表達自己的想法。

「我覺得既然要參加，好好努力一定會比較開心。而且這也是個回憶啊，三年級就不能參加了，今年是最後一次了。」

不過朋友似乎不太願意。

「可是喔～～……」

「我想跟大家一起努力練習。」

「嗯，這個嘛……不過妳說要在校內合唱比賽努力……感覺有點難為情，不會嗎？」

朋友們露出苦笑。

但遙香沒有退縮。

「那就從我們開始改變這種氣氛吧。」

「從我們開始？」

「從我們開始，讓這次校內合唱比賽變成快樂的回憶。我希望在比賽結束後大家能分享這樣的喜悅……這樣還是不行嗎？」

「嗯～～既然遙香這麼認真，要幫忙也不是不行啦。」

「謝謝！」

「也不是什麼需要道謝的事啦……」

得到朋友的協助後，遙香向每位同學解釋自己的想法。一起認真練習吧、橫豎都要參加就好好努力吧。出乎意料地，同學大都很快就接納了遙香的意見。也許是因為遙香在班上的評價，也許他們認為遙香的意見也很有道理，又或者是大家其實也想試著為比賽付出心力。

遙香不知道理由為何，但確實感覺到氣氛漸漸有所轉變。

於是——

「就像我剛才說的，要不要為校內合唱比賽努力練習看看？」

遙香對在座位上閒聊的莉嘉與她的朋友說明她的想法。

就剛才的幾個案例來看，遙香認為應該能順利獲得認同。

但是兩人嘻嘻笑出來。

「那個，妳們在笑什麼？」

「啊，不好意思，我不是在笑風間同學。是我們之前剛好聊到，如果有人突然提議要為校內合唱比賽好好加油，那個人也許就是風間同學。」

兩人笑著道歉。

「不會。其實沒什麼好道歉的……所以妳們覺得怎樣？關於練習的事。」

「沒什麼不好吧。」

莉嘉的朋友回答。

「在練習時間閒聊其實也沒什麼好玩的，就只是在打發時間而已。與其浪費時間，認真練習唱歌也不錯啊。」

「所以說……」

「我可以啊，而且班上大家好像也有幹勁了，別看我這樣，我也是懂得看氣氛配合大家的。」

聽對方笑著如此回答，遙香低頭道謝。

「妳這麼正經，我也很傷腦筋……對吧，莉嘉。」

「嗯，對啊，但我也沒說我願意，妳們想努力的話就好好努力吧。」

莉嘉逕自站起身走出教室，遙香追了上去。

「宮島同學，無論如何都不行嗎？」

「我說風間同學，妳是不是忘了什麼事啊？老師要我伴奏耶，當初我會接受，是因為大家說隨便彈彈就好，事到如今才說什麼大家認真練習，只是增加我的負擔吧？如果這樣妳還是想認真練習，那就去拜託其他人伴奏好不好？我不要扛這種責任。」

「……」

遙香說不出話。

不知道這個狀況該用什麼理由說服對方。

不過遙香沒有放棄，就像篠山正樹當時沒有放棄拯救風間遙香，不能因為這點挫折就放棄。

無論如何都要讓她拿出幹勁。

遙香如此下定決心。

不過——

莉嘉對仍不放棄的遙香說：

「我最討厭什麼盡心盡力了，努力啊、加油啊，諸如此類的。感覺就很煩啊，實在讓人吃不消。」

「沒這回事。」

「真的就是這樣嘛，因為——」

莉嘉面露嘲笑。

「我現在就覺得很吃不消。」

「……」

「就這樣嘍，不好意思，幫不上忙。」

莉嘉說完便轉身離去，遙香也無法再追上去。

放學後。

「欸，莉嘉，等一下要不要大家一起去唱卡拉ＯＫ？」

「啊～～……不好意思。」

莉嘉對手機收到的簡訊瞄了一眼，隨後回絕：

「今天和人家約好要見面。」

「咦咦咦～～不能改天喔？」

「不好意思。」

「那就沒辦法了……話說是誰啊？該不會是男朋友？」

「咦？」

「就那個約見面的人。」

「不是啦，我又沒有男朋友。」

「那妳是去見誰啊？」

「祕密。」

莉嘉獨自離校後，先回到自家公寓。

抵達一樓公用大廳入口，莉嘉發現電梯停在上層。她按下按鈕，在電梯來到一樓前先看了自家信箱，從信箱取出信封和傳單，快步走進正好抵達一樓的電梯。在電梯升上六樓的過程中，莉嘉一一檢視信的寄件人，大多都是公家機關寄來的通知，與自己無關。分類好時電梯也到了，她穿過公用走廊走向自家。

「妳回來啦。」

打開玄關大門時，啟太正從他的房間來到客廳。

「我回來了。」

莉嘉將整疊的信封擱在玄關旁的櫃子上，走進客廳，將傳單塞進垃圾桶，又走向陽台，收起曬乾的衣物放在沙發上，接下來打開冰箱確認要補充的品項。這時手機收到訊息，內容是母親要她幫忙洗毛毯並且晾起來。莉嘉看向時鐘。她準備跟父親見面——這件事母親應該也知道，但恐怕是忘了吧。工作加上家庭，該想的事太多了，這也不能怪她。但現在也沒時間將毛毯一條一條洗乾淨，那麼應該告訴母親沒時間晾毛毯吧？莉嘉打開手機的通訊紀錄，隨後因為自己的健忘而苦笑。紀錄中沒有任何一通打給母親的電話。為了不造成母親的負擔，她從來沒有跟母親商量過什麼。

「妳要出門喔？」

啟太察覺莉嘉的反應，如此問道。

「為什麼這樣問？」

「因為妳一直在看時鐘。」

「嗯，之後有點事。不過媽叫我把毛毯洗一洗晾好。」

「我來吧。」

「咦？不過你要念書……」

「只是放進洗衣機按下開關，之後就晾在陽台而已吧？這樣花不了多少時間，沒問題啦。」

「不好意思，那就拜託你了——對、對了。」

「幹嘛？」

「晚餐呢？」

「我隨便吃。」

「是喔。」

弟弟說完就打開客廳的收納櫃找出毛毯。

莉嘉看著他的身影，默默想著。

姊弟之間的對話從什麼時候開始變得這麼淡薄？雖然記憶早已模糊，但印象中在學鋼琴前兩人有更多話能聊。

「啊，都這麼晚了……衣服摺好就出發吧。」

約見面的地點並非上次的車站，而是另一個車站。

這地方跟旁邊的城鎮比，相對繁華，車站前的商圈擁擠又熱鬧。

雖然天色已經轉暗，但地上燈火通明。在這片燈火中，剛下班的上班族與享受約會的年輕人來來往往。

莉嘉背靠著車站的柱子，等候她約好的那個人。

「妳在等人嗎？」

一名陌生的上班族向她搭話。

「約好見面？還是離家出走？肚子餓了吧？要不要一起吃頓飯？」

莉嘉揚起嘴角露出燦爛的笑容。

「不好意思，我有約了。」

只需要這句話，那個人便轉身消失在人潮中。

莉嘉目送消失的背影，心中傻眼地嘆息：「都幾歲的大叔了，腦袋在想什麼啊？」

這時手機收到簡訊，仔細一看，是約見面的人似乎已經來到附近。

莉嘉掃視四周發現目標後，跑步朝眼熟的轎車靠近。

從駕駛座下車的，正是她今天約好見面的中年男子——她的父親。

「好慢，我等滿久了耶。」

「工作拖了一點時間，要去哪裡？」

「哪裡都好。」

莉嘉沒再追究就坐上副駕駛座，告訴父親可以開車了。不過父親雙手握住方向盤時突然停下動作，從皮夾取出鈔票。

「幹嘛啊？」

莉嘉納悶地問，父親輕笑說：

「零用錢。」

「哦～～那我就收下了。」

莉嘉將鈔票塞進錢包時，父親突然提起：

「對了，差不多該是校內合唱比賽的時候了吧？」

「……你怎麼會知道？」

「我是校友啊。」

「咦？我都不曉得。」

「因為我沒告訴過妳……到時我去看看好了。」

「別開玩笑了。好了啦，快開車。」

在莉嘉的催促下，父親終於踩下油門。

同學們對校內合唱比賽的看法，經過遙香遊說之後有了明顯的轉變，練習時間大家也願意投入心力認真練習。

儘管如此，莉嘉依然我行我素，就連借用音樂課練習的時間也沒展現一絲幹勁，鋼琴伴奏就只是敷衍了事，似乎不打算和歌曲對上節拍，也不願意牢記樂譜。

因此班上開始冒出「應該盡早拜託音樂老師來伴奏」的意見。

遙香也認為這意見相當實際。事實上如果繼續讓莉嘉擔任伴奏，也沒辦法好好練習，既然如此就該趁早解決這問題。雖然遙香也這麼想，心中還是有點無法同意。既然出發點是希望全班一起努力，就這樣放棄莉嘉真的好嗎？

煩惱到最後，遙香告訴同學們再給她一點時間，她想繼續說服莉嘉。

「宮島同學，可以借點時間嗎？」

放學後，遙香也繼續遊說，但莉嘉的反應毫無變化。

「拜託，我講過好幾次了，我沒那個打算。」

兩人的對話就此結束。

莉嘉從學校回到家，發現母親站在廚房。她用菜刀切著晚餐的材料，視線固定在砧板上，沒有轉向放學回來的女兒。

「今天不是上夜班啊。」

「嗯。」

母親以冷硬的語調回答。

從很久以前就只能從母親口中聽見疲憊的聲音，所以莉嘉沒有特別在意母親剛才的反應，就這麼從母親身旁走過，打開冰箱拿出牛奶。

「妳幫我晾好毛毯了啊？」

「咦？噢，嗯。」

莉嘉看向晾在陽台的毛毯，將牛奶倒進玻璃杯。

「那真的是妳晾的？」

「是啊。」

「妳騙我。」

莉嘉停下拿到嘴邊的玻璃杯，轉身看向母親。她尖銳如刀鋒的目光正指著自己。

「毛毯晾得亂七八糟，那不可能是妳做的。」

「啊哈哈，我的評價還滿高的嘛。」

莉嘉裝傻說完，一口氣喝完牛奶，將玻璃杯放在流理台，轉身走向自己房間。

「那是啟太晾的吧？」

母親看穿了毛毯是弟弟晾的，讓莉嘉有點訝異。

「……真厲害，光是這樣就看得出來啊？不愧是做母親的。」

「我說過吧？那孩子很快就要應考，現在是關鍵時刻。」
「我知道啊，但是那天剛好和爸約見面的時間快到了……」
「是喔，所以他又在礙事了對吧？」
前夫想阻撓兒子用功讀書——看來母親似乎誤會了。
「沒有啊，不是那樣……而且毛毯洗一下晾起來，也不算很花時間……」
「那孩子現在必須努力到連這點時間都不能浪費啊！」
母親突如其來的怒吼聲，彷彿累積已久的鬱悶全部潰堤。
「為什麼妳總是這樣？成天打扮得一副輕佻的樣子，我送妳去學校是為了讓妳讀書，小時候也一樣，叫妳專心練琴，妳卻跑去打棒球，不管我多為妳設想，妳總是敷衍了事。妳到底在想什麼？如果妳就是沒辦法努力，至少要在背後支持其他正在努力的家人啊。我已經很努力了，為什麼妳就是不願意回應？說啊，是為什麼啊！」
母親的喊叫近乎慟哭，那累積無數情緒和壓力而疲憊不堪的身影有如朽壞的支柱，彷彿下一個瞬間就要傾頹折斷。喊叫聲結束後，母親像是感到羞恥般按住額頭不再說話，看起來似乎取回了冷靜。
「對不起，我知道妳平常總是幫我做家事，也幫我去見那個人。」
「沒關係，我之後會更注意。」

母親對轉身要走進自己房間的背影叮嚀：

「莉嘉，別告訴那孩子，至少在考試結束前……」

「我知道。」

母親希望莉嘉別讓弟弟知道她和父親見面的事，理由是擔心干擾他準備考試。莉嘉不太能理解兩者之間的關聯，但如果能減少母親的憂慮，莉嘉也不打算違背。

「那個……」

莉嘉不經意想到。

學校不久後有個合唱比賽，老師拜託我擔任鋼琴伴奏，同學希望我接下來花心力認真練習，但是——

還沒說出口，莉嘉就把話嚥了回去。說了又能如何？況且這也不是什麼一定要告訴母親的事。

「怎麼了？」

「沒有，沒什麼。」

莉嘉留下讓母親放心的回答後，走向自己的房間。握住門把的同時，對面的房門打開了，弟弟露出半張臉問：

「媽還好嗎？」

「嗯，不用擔心。」

莉嘉看向客廳的方向，對弟弟說：

「媽只是累了。」

體恤衍生出更多祕密，這真的對嗎？一抹不安掠過心頭，但莉嘉還是告訴自己「什麼也沒做錯」，走進自己的房間。

3．慶典時刻

這一天，正樹的高中園遊會終於來臨。

校內裝飾得像慶生派對，愉快的笑聲迴盪在各處。

正樹望著風景時，不禁心生疑問：「園遊會的正式名稱是『文化祭』，這或許是種慶典沒錯，不過『文化』的要素究竟何在？」

井上回答：

「管他的。」

這應該是正確回答吧？認真去想也不會有答案。

「不說這個了。沒客人上門耶。」

以學生準備一個月的成果來看，掛起黑布遮光的教室已經化作一座氣氛十足的鬼屋，不過客人的數量實在無法令人滿意。

「好閒啊～～」

躲在暗處準備嚇人的廁所鬼花子，更正，井上花子同學特地從女廁移駕到此，卻苦無客人上門被嚇。

「井上，你穿這樣算是扮女裝喔？」

「只算是變裝吧。」

「可是廁所鬼花子不是女生嗎？那這就算是扮女裝吧……」

糟糕的是，井上花子同學的扮相還算能看，換作是篠山正樹，可能會因為無意識間散發的男子氣概而被識破，井上這模樣也許真會有人誤會。

「正樹的男子氣概……好笑喔。」

「什麼意思啊？」

「很好笑的意思。你是不是太閒所以隨便亂扯話題？」

「我也沒辦法啊，真的就太閒了。」

「有什麼可以起死回生的密技嗎？」

「有的話早就用了啦。」

鬼屋的生意是好是壞正樹其實不怎麼在乎，與其擔心這種事，井上和谷川的進展還比較讓正樹好奇。距離好歹有縮短一些了吧？或者反而產生裂縫？還是毫無變化？從兩人的個性來看，毫無變化的可能性應該比較大，但正樹還是期待有些八卦能聽。

「你們怎麼樣了啊？」

「你說我和谷川同學？沒有任何進展啊。」

「我特地讓你跟她一起當執行委員耶。」

「只是一起處理執行委員的工作而已，哪有機會演變成那種氣氛？你幹嘛講得一副你有功勞的樣子，照理說我應該可以生你這叛徒的氣吧？總之，我和谷川同學沒發生什麼。」

「什麼嘛，真無趣。」

「我比較想知道為什麼你會知道我對谷川同學有意思。」

「因為我有超能力啊。」

「是喔是喔，到底是為什麼啦？」

「因為我是塗壁啊。」

「原來是這樣。」

「鬼扯。」

塗壁的裝扮最讓人難受的就是「不能坐下」，另一個讓正樹最不能接受的是，他的責任是成為井上花子同學躲藏的牆面。正樹不禁心想：隨便準備普通的牆壁就好了啦。

井上用手機看了時間。

「正樹，你可以去休息了。」

井上手機的時間是正午時分，正樹的休息時間已經到了。

「真的耶，那我去休息了。」
「嗯，啊，不過你這身裝扮別在這裡脫。」
穿這套服裝行動不便，正樹只想早點脫掉，卻被井上制止。正樹詢問理由後，井上說：
「你在這裡脫會礙事，去走廊上脫。」
用一整間教室布置而成的鬼屋走道確實很窄，但「礙事」兩字可是會傷人啊。正樹搖搖晃晃地走向走廊，塗壁的裝扮不時撞上狹窄通道的牆，每次都被同學指責：「喂，正樹你小心點。」真是太不講理了，這裝扮可是你們設計的耶——正樹在心裡抱怨，好不容易來到走廊上，終於能喘口氣。
就在這時——
正樹不經意轉向一旁。
有張認識的臉就出現在眼前。
少女——宮島莉嘉看到正樹的打扮，睜大雙眼。
她嘴裡叼著德式熱狗，愣在原地。正樹也不知該說什麼而呆站著，突然間莉嘉先哈哈大笑。
「啊哈哈哈！」
不在乎旁人的眼光，捧腹大笑的她眼角掛淚，就這麼拿出手機猛拍，隨後豎起大拇指。

「超～～適合你的。」

「哪門子的誇獎啦！」

正樹快手快腳地卸下塗壁的裝扮，再度面向莉嘉。這時他仔細打量莉嘉全身上下。熱褲凸顯了她那雙沒穿絲襪的腿，上半身則大方秀出乳溝，簡直像是在故意挑逗男高中生的穿著。雖說不該從外表判斷一個人，但莉嘉在別人眼中的形象跟她的打扮大概脫不了關係吧。

「看到好東西了。雖然我是為了由美的話劇而來，這下已經滿足了啊。」

「重點都還沒看，別先滿足啊。」

「說的也是，不能因為區區正樹就滿足啊。」

「什麼區區，妳很失禮耶。」

「別那麼難過嘛。」

「我是在生氣。」

「放心放心，我懂的。」

「懂什麼懂啦……話說妳還真的來了啊？」

「由美那件事我也有責任，當然要親眼見證結果才行吧。」

「那話劇開演前去跟主角打個招呼吧？接下來我打算去由美那邊。」

莉嘉立刻搖頭。

「這就算了，好像只會給她不必要的緊張。不過，幫我跟她說我來了。」

「好。」

話一說完，莉嘉就轉身離開了。

正樹確認現在的時間。距離遙香抵達還有一段時間，她到的話會打電話通知，在那之前應該能自由活動吧。

正樹隔著口袋輕觸裡頭的手機。送修的手機已經拿到了，但正樹現在隨身攜帶的還是那支有問題的手機。畢竟有機會能得知未來，他實在無法輕易捨棄。

就在這時，有問題的手機震動。也許是遙香打電話來了。

正樹立刻拿出手機。正如他的預料，是遙香。不過不是電話，而是簡訊。正樹打開簡訊檢視內容。

——說要找個安靜點的地方，居然帶我到鬼屋，只能說他腦袋有問題吧。話說，為什麼園遊會這種活動要辦鬼屋？光看外觀就覺得陰森——

文中滿是怨言，看來氣憤程度非同小可。而且都還沒走進鬼屋就抱怨個沒完，可以想見走進去之後的慘狀。

正樹一邊想著一邊移動，同時手機不斷收到來自遙香的簡訊。

——好、好多血啊啊啊啊！——

——有、有內臟啊啊啊啊！——

——人、人頭啊啊啊啊！——

「……」

讀了這些訊息可以知道兩件事。

一是遙香的語言能力極度退化，二是她似乎很享受鬼屋的體驗。

抵達由美的教室後，正樹先是探頭掃視教室裡面。她們班決定演話劇，上演時間是午後，還有一個半小時，因此教室內擺滿了服飾和道具，演員們站在講台上做最後的練習。由美也在台上，額頭冒著汗演著她的角色，表情沒有一絲陰霾，盡心盡力地投入練習。

正樹猶豫該不該叫由美。

她正集中精神練習，打擾她不太好吧。

當正樹這麼想著的時候，由美發現了他，主動靠近。

「正樹，有什麼事？」

「來看看妳的狀況而已。」

正樹在走廊上與由美面對面。

「會緊張嗎？」

「就是為了消除緊張才努力到今天，不過實際上場會怎樣還不曉得。」
「已經全力練習了吧，那一定沒問題的。」
「真是這樣就好了。」
「莉嘉來了喔，剛才見到她了。」
「是喔，那我也得好好努力，別像那時候一樣背叛人家的期待。」
語中透露決意的青梅竹馬舉手投足顯然有些僵硬。是不是該對她說些什麼？當正樹這麼想的時候，由美似乎也覺得自己不該太在意，開始深呼吸。畢竟她是為了跨越過去而努力到現在，事到如今也不需要正樹再多給她鼓勵吧。
這時，手機再度收到遙香傳來的訊息，但內容頗為荒謬。
——突然講什麼不能沒有妳，簡直莫名其妙，到底是怎麼回事？是認真的嗎？——
雖然搞不太懂，但似乎是有人要求與她交往吧。真是事出突然。究竟是誰講這種話？
當正樹因嫉妒而板起臉時，再度傳來遙香的簡訊。
——說什麼我需要妳、就只有妳了，是認真的嗎——
對方似乎相當熱情地追求遙香，究竟是何方神聖？雖然下場八成是慘遭拒絕，但之後避開那傢伙行動會比較好。
來自遙香的簡訊緊接著傳來。

正樹想知道是哪個不要命的勇者告白，打開簡訊一看。

——我可以當真吧，篠山正樹——

「是我喔！」

看來告白的是未來的自己，究竟是什麼過程演變成這樣？正樹自己也無法理解。

不過，也許真有這種氣氛在未來醞釀。

也許是兩人一起走進鬼屋後，吊橋效應演變成那種氣氛。

正樹天馬行空地胡思亂想，遙香的簡訊再度傳來。這次的簡訊持續滿久的啊——正樹這麼想著，同時開啟簡訊。也許告白的結果即將揭曉，心臟急遽鼓動。然而寫在簡訊中的內容令人不安。

——篠山正樹，絕對饒不了你。居然讓我打扮成這副模樣……——

「……未來的我究竟幹了什麼好事？」

剛才的訊息明明讓人萌生甜美的幻想，為何又急轉直下？

雖然好奇，又覺得不太想知道。

矛盾的不安油然而生。

就在這時，由美說道：

「正樹，那個可以借我一下嗎？一下就好。」

那個指的是有問題的手機吧。

「可以是可以，妳要做什麼？」

正樹詢問之後，由美顯得有些難以啟齒。

「正樹你不是講過，那支手機會收到來自未來的簡訊？所以我想借一下。」

「喔，原來是這樣。」

嘴上說不相信，心裡還是好奇吧。如果真的能收到來自未來的訊息，由美想知道話劇演出的結果吧。雖然無法確定真的會收到與話劇有關的簡訊，但可能性也不是零。

正樹心裡覺得別看那玩意兒，直接上台演出比較好，不過如果能讓由美輕鬆點，也沒有拒絕的理由。

「謝謝你。」

「不會啦，客氣什麼。」

這時遙香打電話過來。

正樹用修好的手機接聽。

「喂？」

『是我，我到校門口了。』

「我認識的人之中沒有人叫『我』——」

『廢話少說，來接我。』

「啊，知道了。」

連個玩笑也不准說完，這傢伙度量還真小。

正樹將手機塞進口袋，向由美道別後連忙跑向校門口。如果悠悠哉哉走過去，恐怕又得聽她發一頓牢騷。

見面後的第一句話一定是怒吼：「好慢！」

正樹這麼猜測，但來到校門口看到她的時候，確定自己躲過了她的怒吼。

遙香背靠著校門旁的牆，很無聊地用腳尖和腳跟不斷蹬著地面，彷彿正等著遲到許久的男友。而這樣的女性身旁總會有輕浮的男性靠近。

恐怕是其他學校的學生吧？穿著便服的兩名年輕男生正在跟遙香說話。應該是搭訕。

妳一個人嗎？要不要一起逛？

這種標準的搭訕台詞彷彿自然而然浮現在耳邊。

遙香露出爽朗的微笑拒絕：

「不好意思，我和朋友有約了，所以——」

但對方依然不放棄，死纏爛打的模樣真難看。不過，不輕易放棄絕不是壞事，有些時候也值得讚賞。同樣的事物還是看人怎麼想吧。

正當正樹悠哉地想著，遙香發現他在附近，揮著手跑向他。

「正樹同學，你在的話就叫我一聲嘛，我等你好久了。」

語氣溫柔地這麼說著，但心裡肯定是連連咒罵。

你呆站在那邊幹嘛啊？莫名其妙的傢伙纏上我，早點過來解危啊。還是你連這點膽量也沒有？是不是啊？

大概類似這樣吧。不，也許還不夠毒。很遺憾，憑篠山正樹的腦袋無法猜測風間遙香會選用的字眼。

「我說正樹同學，為什麼沒有立刻來我身邊？」

「這該怎麼回答啊……」

正樹轉頭看向剛才的二人組，兩人露出幾分無法接受的表情，心裡大概覺得自己比正樹帥多了。正樹輕笑道：

「俗話說，妨礙人家的戀情會被馬一腳踢死。」

「啊哈哈，什麼戀情啊……所以你就杵在那邊看戲？」

遙香表情沒有分毫改變，聲音倏地一沉。

「我看你的眼睛真的爛掉了吧？剛才那一幕看起來像在談情說愛？」

「戀愛的樣子人人不同嘛。對那兩人而言，那一定是最真心的表白方式了。況且，我這個人有點像邱比特，看到努力的人就忍不住想幫忙推一把。」

「你這樣定位自己真讓我震驚……對喔，結果對你這種傢伙有所期待或許是我太笨。」

「哈哈哈，妳這笨蛋。」

「這、這傢伙……」

遙香握緊憤怒之拳，但她回想起這裡是人來人往的校門口，將笑容重新掛回臉龐。

「話說，正樹同學，你是不是有什麼話該對我說？」

突如其來的問句讓正樹皺起眉頭。

遙香的姿勢似乎希望他注意自己的穿著。整潔又有品味的穿搭和外表成熟的她十分相襯，就算自稱女大學生大概也沒人會懷疑吧。

「嗯，好像把雜誌上的打扮直接剪下來一樣。」

「唉～～……」

遙香深深嘆息。

「這句話出自什麼意圖？」

「出自真心。」

「原來如此，看來真的不能對你有所期待……算了，就先到你們的園遊會繞繞吧。」

「好是好啦，不過鬼屋呢？」

「主菜本來就該放在後面吧？」

「妳怕了吧。」

「什、什麼？誰怕啦，你在胡扯什麼？」

「反應也太明顯了吧……算了，反正我現在也餓了，就隨便逛逛找吃的吧。」

「好啊，有什麼推薦的嗎？」

「嗯～～……我記得有一攤在賣炸雞串。」

「就那個吧。」

「妳還真喜歡炸雞塊耶。」

遙香與正樹來到操場，隨便買了些餐點就走到附近的長椅並肩坐下。炸雞串、炒麵跟飲料，兩個人一起分享。炸雞塊就只是微波爐加熱的冷凍食品，味道實在難以給予好評，這點遙香似乎也認同，表情顯然不怎麼滿意。

用餐時，遙香也是旁人注目的焦點。走過她身旁的人都不由得偷瞄一眼，男性投以想入非非的視線，女性是欣羨的眼神，而坐在遙香身旁的正樹收到的則是疑問與嫉妒的視線。

不過這也在預料之中，畢竟正樹過去曾假扮過遙香的交往對象。

「嗯，現在算是朋友對吧，遙香同學？」

「是啊，就朋友。」

看她笑臉盈盈地回答，正樹不免感到幾分失落。

不過正常來說，要直接從交往關係開始未免也想得太美了吧。

就在這時，正樹發現同班同學從人群中走向他。

「嗨，正樹，園遊會好玩嗎？」

「還可以啦。」

「還可以是好還是不好啊？」

「才剛吃完飯而已。」

「是喔，我是休息時間結束，現在要回去教室——喂。」

他似乎現在才發現遙香的存在，連忙拉正樹離開長椅，在他耳邊低聲問：

「那個人是誰啊？你的女朋友？」

「嗯～～應該是朋友？」

「為什麼問我啊？算了，這不重要。既然你們只是朋友，就介紹她給我認識。」

「不行。」

「為什麼啦？我們不是死黨嗎？」

什麼時候和這傢伙變成死黨了啊。

「拜託啦。」

「就說不要啊。我跟你說，人終究還是要看內在，懂嗎？」

「對啊，就是因為這樣才要你介紹啊。你看她發自內在的高雅氣質，簡直高不可攀。」

「知道高不可攀就早點放棄吧。」

「也有從朋友開始的戀愛嘛。」

「……」

這傢伙有夠麻煩的，乾脆讓他嘗試看看再粉身碎骨也許才是真的為他好。

「好嘛，看在我們的交情，拜託啦。」

正樹說著「快點滾回教室啦」趕走死纏爛打的同學。他在離去前咒罵正樹的冷漠無情，但這點程度正樹早就不痛不癢。

「受不了，真夠麻煩的。」

在正樹發牢騷的時候，突然有一隻手扣住了他的肩膀。他戰戰兢兢地回頭一看，臉上掛著陰森笑容的遙香就站在後頭。

「你們剛才在聊什麼？」

「沒有，沒什麼。」

「我看不是沒什麼吧？明明就提到我了。是說，為什麼提起我的時候會說『人終究還是要看內在』？」

「……」

明明就隔了一段距離，耳力真好。

「先別說這個了，接下來要去哪裡？畢竟午餐也吃完了。」

「你以為這樣就能蒙混過去？」

「妳指的是什麼？」

「……算了，接下來要去哪裡？」

「隨便亂晃。」

「不決定一個目的地？」

「當然啊，這種時候反而不該特別決定，就邊走邊看有沒有好玩的攤位。」

「你的人生活到今天一定都是走一步算一步吧？」

「人生中按照計畫進行的事還比較少啦。」

「那是因為你從來沒有好好訂下計畫吧。」

「您還真懂我。」

「不用想也知道，你白痴啊？」

遙香傻眼地嘆息，最後還是與正樹一起在校舍內四處閒晃。

校舍內大致逛過一圈了，但沒發現特別有意思的玩意兒。

遙香瀏覽手中的介紹手冊後，將手冊遞給正樹，正樹也大致瀏覽了內容。充滿手工感的手冊上寫的是各班與各社團活動或成果展覽的介紹。為了比其他班級醒目，每個班級都放上奇異的插圖，而且都選了能引人一笑的圖片，反倒有種失去特色的雜亂感。

「你有沒有什麼特別喜歡的攤位要推薦？」

「特別推薦的喔……」

雖然沒有想借用遙香之前說過的話，但園遊會的活動就只是騙小孩的玩意兒。這一點身為製作方的學生們也有自覺，當然就不會有什麼特別推薦的攤位。

明知如此還要特別推薦某個攤位，比起自己的喜好，應該要以對方的喜好為優先吧。

遙香喜歡的事物或是喜歡的場所？

「……安靜的地方吧。」

之前的遙香也說過自己喜歡安靜的地方，不過現在學校充斥著比平常更誇張的喧囂聲，如此一來，遙香也無法輕易露出本性吧。

「喂，還沒決定好？我猜這就是你會被選為塗壁的理由，思路遲鈍、行動笨拙。」

收回前言，她現在已經十分顯露本性了。

「妳這樣真的沒問題嗎？妳就這樣把想說的話直接說出口喔？」

「有什麼問題？我又沒看到同校的同學，只要沒人仔細聽我們對話就好。正樹同學一定也這麼認為吧？」

說完便露出一抹自在的微笑。正樹不禁佩服她那切換自如的面具。

「總之先找個安靜的地方吧。」

聽到「安靜的地方」這字眼，遙香想像的是讓人不由自主想伸懶腰、深呼吸的靜謐場所，比方說學校的屋頂。

但這時正樹回想起剛才收到的那封來自未來的簡訊內容，在腦海中想像著全然不同的安靜場所。

遙香跟著正樹移動到目的地時，看到的是一間散發著陰森氣氛的教室——正樹班級辦的鬼屋。

「你、你、你剛才不是說安靜的地方嗎？喂，你剛才不是這樣說的嗎？」

遙香逼問正樹，掩不住驚惶的眼神。這恐怕是正樹的錯覺吧。之前那樣誇下海口的風間遙香，怎麼可能因為鬼屋這種騙小孩的把戲就害怕？

正樹揚起嘴角一笑。

「如妳所見，就是個安靜的地方啊。」

「是啊，是很安靜沒錯，看起來沒客人上門所以更是安靜啊。」

遙香如此挖苦後，再度直視眼前的鬼屋，臉上表情緊張得彷彿即將上戰場的新兵。

這種時候，一個好男人該怎麼做？揣測對方的心情，體貼地告訴她真的那麼害怕就別進去？或是陪她一起走進鬼屋，創造拉近彼此距離的機會？

短暫思考後，正樹說道：

「慢走喔。」

正樹決定面露微笑送遙香一個人進去。

「你、你這男人……都一起來這裡了，不是應該陪我進去嗎？」

「這我也想過啦。我真的想過，如果能在妳身邊欣賞妳嚇壞的模樣，一定很痛快。」

「你真的知道你說了什麼嗎？」

「不過，我決定選擇讓妳最害怕的選項。」

「人渣度更高了。」

我不進去。

妳一個人去。

當兩人意見分歧時，最後總是會選擇折衷的辦法。這次的結論是兩個人一起進去。

不過對正樹而言只是表面上的退讓，和遙香鬥嘴的時候，他回想起剛才收到的簡訊，對遙香進鬼屋後害怕的模樣起了興趣。之所以答應與她一起進鬼屋，就是懷著這樣的打算。

鬼屋內一片漆黑，在入口處領到的手電筒是唯一的光源。裡頭用隔板形成狹窄的走道，訪客只要循著內部各處標示的箭頭移動，自然而然就能抵達出口。

「規則就這樣，懂了嗎，遙香同學？」

「咦？你說什麼？」

遙香進去前就顯得莫名緊張，聽見一點點聲響就嚇得左顧右盼，根本沒在聽正樹講話。

看來過程會比想像的更一波三折。

正樹觀察遙香的反應，心中這麼想著。

「哎呀不管了，總之就走吧。」

「咦？要走了喔？」

「……」

正樹原本打算讓遙香走在前面，但這下他也明白不帶頭的話，她恐怕永遠不會前進，只好移動到她前面。

「走了喔。」

「等一下啦。」

打開入口的門，正樹走進一片漆黑的世界，遙香緊貼著他的背走進鬼屋。

一進鬼屋後，手電筒首先照亮的是一面潑灑無數血漬的焦黑牆壁，牆上貼滿符咒。

這對正樹而言是熟悉的場景，所以他並不驚訝。他轉過頭確認遙香的反應，只見遙香閉著眼睛隔絕了外界的狀況。

「喂，張開眼睛看清楚啊。」

「我有看我有看。這點程度根本不算什麼。」

「妳在搞笑喔，過來！」

正樹想用指頭撐開她的眼皮。遙香自然是死命抵抗。

「住、住手！不要逼我看！」

「妳是為了什麼才進鬼屋的啊！」

打從一開始就這樣，正樹也沒辦法奉陪到底。

「我先走了喔。」

「等——等一下啦。你想把我扔在這裡喔？」

「眼睛閉著的人，我要怎麼帶啊？」

和遙香說好要睜開眼睛後，正樹帶著她前往下一個區域。制服下襬一直被遙香抓著，正樹一方面擔心制服被她拉壞，另一方面則是感受著她平常沒有的小鳥依人而覺得滿足。

不過這樣天真的想法立刻遭到修正。

下一瞬間，人體模型從視線死角撲向兩人，遙香的慘叫聲直刺鼓膜，從後方猛力拉扯他的制服。正樹的脖子瞬間被領子緊緊勒住，緊接著制服的鈕釦一個個彈飛，正樹不由得慘叫：「我的制服啊啊啊啊！」

總之千萬不能讓遙香站在後面。

正樹如此判斷後，要求遙香走在自己身旁。

一到正樹身邊，遙香立刻勾住正樹的手臂。轉頭一看，她正用警戒的眼神掃描四周，也沒發現自己正抱著正樹的手臂，看來完全是無意識的舉動。

原來如此，這樣也不錯。

緊勾著的手臂傳來她的體溫，感受著她貼身的氣味，以及因為害怕而緊挨著自己的柔軟胸脯。

無話可說。

然而甜美的現實再度碎裂瓦解。

正樹知道下一個關卡是從走道隔板背面將假人頭拋進走道內，便抬頭看著那個方向。對遙香的注意力才挪開一瞬間，假人頭被扔進走道、滾到眼前的那一刻，正樹為自己的疏忽付出代價。遙香發揮超大的力氣將正樹的手臂抱得更緊，並且往違背人體工學的方向折。

「好痛好痛好痛！會斷、會斷、手要斷了！」

不行了。再這樣下去身體撐不到終點。

正樹感到疲憊的同時，遙香在他身旁低聲埋怨：

「不行了，這樣下去精神支撐不住。」

居然講得出這種話。

正樹在心中吐槽時發現。

差不多該到井上花子同學現身的地方了。

正樹為了躲避下一波災難降臨在自己身上，與遙香保持一段不近也不遠的距離繼續前進。就在井上預定從暗處衝出來的地方，正樹面向遙香做好準備，但井上沒有現身，遙香雖然怕得渾身發抖，但除此之外也沒什麼特別的反應。

「……奇怪，井上？」

壓低音量呼喚也沒有回應。

看來他不在崗位上。

究竟是怎麼回事？

這問題在兩人從出口回到走廊上時得到了解答。

「看吧！我成功克服了！」

一回到明亮的空間，遙香便充滿自信地說。正樹傻眼得無言以對。

就在這時，井上從走廊另一頭走向兩人。

「你剛才是去哪裡了啊？」

正樹一問，井上充滿遺憾地搖搖頭。

「完全沒客人來，所以我去看看外面的狀況。」

井上沿著走廊看過去。他剛剛似乎是出去確認訪客數量不多是因為單純沒人要來鬼屋，還是這附近本來就沒什麼遊客。

從結論來說，井上也搞不清楚。

這附近沒什麼人是事實，鬼屋不太能吸引興趣恐怕也是事實吧。

「有沒有什麼辦法啊？」

或許是身為執行委員的責任感，井上苦惱地喃喃自語。

雖然正樹覺得閒著沒事也有閒著沒事的好處，但若從認真享受園遊會的角度來看，這也許是個值得煩惱的問題。

「這個嘛～～」

正樹雙手抱胸認真思索，掃視四周尋找也許能起死回生的靈感，但終究是找不到也想不到。

窗外可看見操場，操場上有許多訪客。不求全部，如果能請來一半的人就是超乎想像的盛況了。

這該怎麼辦才好？

「我覺得啊，重點應該是宣傳啦。」

井上說。

「曝光率愈高愈好。」

「宣傳和曝光啊……」

正樹左思右想。

就在這時，之前來自遙香的未來的簡訊內容掠過腦海。

——突然講什麼不能沒有妳，簡直莫名其妙，到底是怎麼回事？是認真的嗎？——

——說什麼我需要妳、就只有妳了，是認真的嗎——

——我可以當真吧，篠山正樹——

——篠山正樹，絕對饒不了你。居然讓我打扮成這副模樣……——

這時正樹靈光一閃。

「有了！」

正樹立刻貼在井上耳邊解釋自己的計畫，井上聽了之後狐疑地板起臉。

「……你是認真的？」

「那當然，這樣才能起死回生吧？」

「確實是有這個可能性沒錯啦……但你有得到許可嗎？」

「誰的？學校的？」

「沒有啦，學校那邊應該是沒問題，畢竟是園遊會，別搞得太誇張應該是不會追究，不過……」

井上的視線一瞬間飄向遙香。

無法理解當下情況，一頭霧水的遙香歪過頭。

「我是說她的許可。」

「遙香——那傢伙你不用管，我來說服她。」

「可是……」

「井上，沒有時間猶豫了吧？如果到園遊會結束都沒什麼人，你會變成大家的箭靶，連谷川同學也逃不了喔。」

「連谷川同學也……」

這名字讓井上有所反應，正樹在心裡露出滿意的笑容。

「你也不想看到谷川同學在台上被大家修理吧？能避開危機的辦法就在眼前了。你決定怎樣，井上？」

「……好吧。」

井上堅定地望向正樹。

「動手吧。」

「沒問題。」

既然決定就立刻行動。

正樹轉身面向遙香。

同時，遙香正要對正樹發問，然而……

「喂，你們到底在講什麼——」

「遙香！」

正樹雙手緊緊抓著遙香的肩膀，臉倏地湊近。近距離看到那從未見過的認真表情，遙香不由得屏息以對。

「怎、怎樣啦？」

「妳是大家公認的美少女，我也這麼認為，現在有件事只有妳辦得到。」

「你現在是怎麼……」

「我不能沒有妳！」

「——！」

遙香吃驚得猛咳，滿臉通紅地看向正樹。

「你、你沒頭沒腦的講什麼啦！」

「我是認真的！我真的非常需要妳！我只有妳了！」

「什麼只有我……」

「我需要現在站在眼前的妳！」

「……有這麼需要我？」

「當然！我就只有妳了！」

兩人沉默了一會兒。

遙香紅著臉垂下視線，面露困惑並不停思考，最後表示同意。

「……好吧。」

「妳真的願意！」

「我只是沒其他辦法，你都這樣拜託我了，我也只好答應。話先說在前頭，我只是迫於無奈，你可別忘了這回事……」

「謝謝妳，遙香！」

瞬間，有東西束縛住遙香的身體。遙香莫名其妙，愣了一下，但還是努力理解當下發生的事。眼前是一件穿在制服底下的T恤，拉高視線一看，篠山正樹的臉就在眼前，而束縛自己身體的是兩條手臂——篠山正樹的手臂。遙香的視線再度轉回前方，看見了領帶，冷靜地面對現況。剛才所有條件整合起來可得知，自己現在正被人抱在懷裡吧？這個當下，自己應該被人抱在懷裡吧？將之化作言語在腦海反覆播放，遙香終於真正理解了。

「你——你幹嘛抱著我啦！」

「唔啊！」

正樹被她使盡力氣一把推開，當場摔倒，平躺在地上好半晌。

這時井上再度登場。

「不好意思，可以請妳盡快開始準備嗎？」

「咦，準備什麼？」

遙香納悶地轉頭看向正樹。

只見正樹對著井上豎起了拇指。

一切都敲定了，剩下的就拜託你了。

「喂，等一下，到底是要準備什麼……」

遙香原本要逼問正樹，但這時兩名女學生從旁邊架住她，拖著她不知要前往何處。

「咦？等一下，這到底是怎樣啦，喂！」

正樹滿臉笑容目送她離開。

遙香被班上女生架走之後，正樹在走廊上跟井上交談。

「不過，你覺得這樣真的能招攬客人？」

「我保證一定有效。」

「為什麼你這麼有自信啊？」

聚集人潮最重要的就是宣傳，沒人注意的宣傳也沒有意義。

用盡方法也要讓人停下腳步、吸引人的視線才行。

這時風間遙香就能派上用場。

就好比競技場上的播台女郎、跑車展上的香車配美人，女性的曼妙身影總是能吸引旁人視線。

這是連大企業也會使用的手法。

無論結果好壞，一定有效果，這一點不會錯。

這時，響亮的歡呼聲傳到耳邊。

轉頭一看，風間遙香回到教室前，穿著一襲修改得格外裸露的和服，雙手拿著鬼屋的宣傳告示牌，全身上下唯一的妖怪要素只有頭上戴著的一對貓耳，但那不是客人注目的焦點，所以根本不重要。

事實上自從遙香登場後，客人接二連三造訪，男性占大多數。如果聚集這麼多人，當中一定會有幾成的人陰錯陽差走進鬼屋。這樣的話說是生意興隆也不為過。

正樹重新打量遙香。只見遙香面露苦笑害臊地舉著告示牌。現在她心底一定充滿了怨言與咒罵。

「哎，也無所謂啦。」

正樹滿意地連連點頭，靈機一動取出手機。機會難得，順便把遙香這扮相記錄下來吧。這時正樹發現手機剛才收到遙香傳來的訊息，寫著「等一下扁你」。正樹揚起嘴角已讀不回，將手機塞回口袋。

◇

時間來到由美的話劇開演前三十分鐘。他們班上的氣氛突然轉為匆忙，演員穿上戲服，幕後工作人員則將道具與布景搬向體育館。

在這片情景中，由美穿著主角桃樂絲的服裝，仔細重讀劇本。走過她身旁的同學們輕拍她的背，告訴她別擔心。由美可以想見自己看起來非常緊張，於是深呼吸，笑著回答大家「我沒事」。

就在這時，向正樹借的那支有問題的手機映入眼簾。由美從桌上拿起手機，思緒不由自主地打轉。

如果真能收到來自未來的訊息，就能明白之後的狀況吧。話劇究竟是成功了還是失敗了？真的能知道結果嗎？

由美半信半疑。

但好奇心與依賴心驅使她行動。

從自己的手機取出ＳＩＭ卡，放進有問題的手機。

照正樹所說，未來會以簡訊的形式傳到手機。

真的會收到簡訊嗎？

懷著不安與期待等候，但手機毫無反應。

沒收到也是理所當然啊。

由美輕哼一聲笑對手機抱有期待的自己，將手機放回桌上，同時導師走進教室。

「二十分鐘後開演，所有人往體育館移動吧。」

同學們聽從指示依序走出教室。就在由美準備跟上大家的腳步時，突然聽見了震動聲。回頭一看，聲音來自擱在桌上的舊型手機。由美半信半疑地把手機拿到手上，手機螢幕顯示收到簡訊。由美吞了口水，打開簡訊，寄件人是一位同班同學。她的視線隨即移向正文。

——糟透了。都是長部同學害的，全都白費功夫了——

這一瞬間，手機螢幕外的時空從意識中消失，周圍的景色化作一片黑。

「……咦？」

如果就像正樹說的，這是來自未來的訊息，而光看簡訊內容，長部由美大概搞砸了什麼吧？恐怕是在演出時犯了超乎想像的失誤。

儘管如此，由美還是搖了搖頭告訴自己不要氣餒。

由美在心中認定這只是某人的惡作劇，不是什麼來自未來的訊息。如果因為這種東西心懷芥蒂，最後演出失敗，這樣就更對不起大家了。

就在由美試著平復情緒時，再度接到了訊息。

——拜託，演不了主角的話一開始就直說嘛——

這一則訊息還沒讀完，下一則訊息已經傳來了。所有訊息都是對由美的責難。都是因為長部由美扮演主角害的——這樣的文字不斷送到眼前，由美每看一次，精神就隨之撕扯一次。無論是之前鼓勵由美或為由美打氣的同學，都對由美憤怒不已。

由美忍不住鬆手放開手機，手機發出碰撞聲摔落地面。由美以畏懼的視線凝視著手機。這時一名同學來到身旁告訴她：「大家都已經走了，我們也動身吧。」但由美好像沒聽見，同學便輕拍她的肩膀提醒她。由美轉頭看向那個同學，顫抖的嘴唇張開卻欲言又止，最後一語不發地逃出教室。

◇

「冷靜，妳先冷靜下來，遙香同學。」

正樹陷入絕境。

剛才為了提振鬼屋的生意利用遙香，讓她現在怒火中燒。

正樹被逼到少有人經過的走廊角落。

眼前的遙香雖然臉上掛著笑容，但雙手抱胸的她顯然怒火攻心，太陽穴青筋暴露。

「我確實沒仔細說明就做了，但終究是為了助人，遵照促進世界和平的高尚精神——」

「所以？」

「所以，呃，該怎麼說……該怎麼做妳才會原諒我？」

「好啊，正樹同學，你就咬緊牙根吧。」

遙香開始將手指關節折出聲響，卻因為正樹的手機鈴聲響而暫停。正樹用眼神詢問能否接電話，得到一個無奈的點頭。

『不好意思，篠山學長，可以借點時間嗎？』

對方是和由美同班的棒球隊學弟。

「怎麼了？」

『學長知不知道長部在哪裡？』

「問這是什麼意思？」

『現在找不到人。』

「啥？手機呢？」

『打不通。』

「不是再過不久就要開演了嗎？她在幹嘛啊？」

『我們現在也搞不清楚狀況，篠山學長和長部不是認識很久嗎？原本想說學長也許會知道。』

「我是不知道……總之我也幫忙找吧。」

『拜託了。』

切斷通話後，正樹立刻開始行動。剛才懦弱的表情瞬間消失，神色轉為認真。遙香見狀也忘了怒氣，納悶地問：

「怎麼了嗎？」

「由美好像不見了。」

「妳說長部同學？我記得她是主角吧？而且差不多要開演了……」

「還有十二分鐘，總之先到由美的教室看看情況。」

在教室前遇到了由美的同學們。

正樹抵達後詢問狀況，他們說由美不知為何露出一臉驚恐的表情，隨後逃出教室，原因不明。這麼一來，正樹也無從判斷。他想不出辦法只好走進教室，來到由美的座位旁尋找任何可能有關的線索，不過毫無斬獲。由美究竟為何逃走？又在害怕著什麼？正樹左思右想正要走出教室時，腳尖踢到某個東西，那玩意兒沿著地面滑了好一段距離，撞上門才停下來。有問題的手機——功能型手機。正樹狐疑地拾起手機，首先確認手機的狀況。收件匣中多出大量的簡訊，正樹大致瀏覽內容後發現那全是對由美的批判。

「……就這個啊？」

明白由美逃跑的理由後，正樹開始思索她可能去的地方。

「先去幫我看一下，鞋櫃和停車場有沒有她的鞋子和自行車。」

正樹指示由美的同學後，幾個學生拔腿離開。隨後正樹從自己的手機拿出ＳＩＭ卡，與有問題的手機的ＳＩＭ卡交換。現在打由美的手機也不會有人接，所以正樹的手機也就派不上用場，反倒是有問題的手機可能會收到某些有用的訊息。當然這也只是「有可能」罷了，也許不該期望太多。

正樹這麼想，然而簡訊馬上就寄來了。

寄件人是由美，正文是「我不想再走出這裡了。出不去了」。

「出不去……」

換句話說，她正躲在某個房間吧？進一步想，那是沒有人在、能一人獨處的地方——小房間。

正樹立刻請一旁的兩位女同學去女廁看看，隨後自己也拔腿奔跑。跟在後頭的遙香問：

「你要去哪裡？」

「由美可能在的房間，一定就是那裡，傳說研究會！」

位於自行車停車場旁的舊校舍，過去上課用的教室現在都給社團當辦公室使用，在校生平常沒事也不會靠近，再加上舊校舍位置比較偏僻，園遊會的訪客也不容易注意到。

舊校舍如預料中安靜，雖然還是有為園遊會做了些裝飾，但用心程度遠比不上其他地方，也不見任何訪客的身影。

正樹急忙跑過無人的走廊，來到傳說研究會社辦前敲門，不過沒有回應。正樹仍不放棄，繼續敲門。

「由美，妳在吧！」

沒有回應。

「看來人果然不在吧。」

正樹不理會遙香的話，繼續說：

「由美，這樣真的好嗎，就這樣躲在這裡？」

儘管正樹如此喊話，還是沒人回應。但他沒放棄，就算沒有確切證據，他還是相信。即使不知道由美過去的創傷，但他跟由美從小一起長大，他了解由美，直覺告訴他由美肯定就在這裡。

「……正樹，我問你喔。」

門後傳來由美語氣消沉的說話聲，彷彿她就在眼前，而且聲音的位置很低，她可能背靠著門板縮在地上吧。

「如果寄來的簡訊如正樹所說，真的來自未來，我會失敗，讓大家的努力全都白費。」

果然是因為那些訊息深受傷害。

「妳繼續躲在這裡同樣會讓大家的努力白費，背叛大家的期待。」

剎那間，由美彷彿把心中的不安全部投向正樹般大吼：

「那我要怎麼辦才好？參加演出會失敗，繼續待在這裡也不行。正樹，我要怎樣才可以啊？還是打從一開始就不行了？不，不對，是打從一開始就錯了。如果我沒想過要努力演什麼主角，也不會變成這樣。」

「為什麼會扯到這麼遠啦？」

「小時候也一樣，只是乖乖在角落看大家玩就好了，這樣莉嘉也不會失望了。」

「妳突然在講什麼……」

話說到一半，正樹突然理解了。

小學時在空地上打棒球，由美總是抱著雙腿坐在角落看。莉嘉為了讓她成為大家的一員，陪她練習，但最後的結果慘不忍睹，由美覺得自己徹底背叛了莉嘉的期待。

「早知道什麼也別做就好了。什麼都不做，至少不會失敗。」

「不去行動，就不會有任何改變啊。」

正樹徹底否定由美的理論，斬釘截鐵地說：

「那時候是因為妳想要努力，莉嘉才會陪妳一起練習吧？既然這樣，努力本身就有意義了啊。」

「可是努力的結果讓莉嘉失望了嘛！」

「這次的話劇不就是為了改變她對妳的看法嗎？」

「可是……」

「妳害怕的是『失敗的未來』？那就去改變那個未來啊。」

「咦？」

正樹提起了那個圓柱狀的郵筒。

「今年暑假，妳不是告訴我廢棄神社旁邊有個郵筒嗎？其實那個郵筒，只要把過去的東西扔進去，就會寄到那個時間點。換言之，過去會被改寫。改寫過去，現在就會跟著改變，由美，這妳懂嗎？」

「……我怎麼可能懂啊。」

由美的語氣中帶著惱怒。

「你現在編這種故事，有什麼意義？」

「這不是編的，事實上我和遙香能相遇，就是因為改變了過去。」

「喂！」

遙香忍不住想插嘴，但正樹舉起手制止了她，繼續說：

「妳不相信嗎，由美？」

「這還用說。」

「是喔，不過我相信。改變過去就會讓現在改變；改變現在，未來也會跟著改變。既然這樣，事情就簡單了。妳現在去改變失敗的未來就好了。」

「……你給我適可而止喔。」

門後傳來動靜。仔細一聽，那是焦躁的腳步聲，大概是原本瑟縮在房間角落的她站起身，來到門旁了吧。下一秒，怒吼聲傳來：

「這種話我怎麼可能相信嘛！」

「……」

「什麼改變過去、改變未來的，這種鬼話怎麼可能是真的啊！」

「那妳為什麼會相信那些簡訊？根本就說不通嘛。」

「那是因為……」

由美的聲音倏地壓低。

正樹嘆息道：

「由美，妳真正重視的是哪個時間？是背負著創傷的過去？會責怪妳自己的未來？還是期待妳、支持妳的現在？妳到底想珍惜哪一個？」

「——！」

「說起來，妳為什麼會決定擔任主角？不就是為了克服過去的傷害？不是為了讓莉嘉認同妳已經改變，然後跟她道歉嗎？既然是這樣，妳的選項只有一個吧！」

「我……」

「害怕失敗就踱步不前，不就和以前一樣嗎！」

「……」

一陣寂靜。園遊會的喧囂聲，不知為何聽起來就像從很遙遠的地方傳來。

好像被眾人棄置在這裡的感覺。正當大家都興奮地喧鬧時，只有自己一個人關在家中。

正樹再度敲了敲門。

詢問由美是否下定決心的敲門聲。

大概經過十幾秒。

門把發出輕響轉動，緩緩開啟。出現在門後的是眼眶發紅的由美。正樹抬起手，用袖子為她擦過眼角。

「已經沒問題了吧？」

正樹語氣平靜地問，由美收起不安的表情，堅定地點頭。

「嗯。」

體育館內排著無數折疊椅，莉嘉坐在椅子上等待由美的話劇演出。她注意到正樹終於趕來，拋出一句話：

「你還真慢。」

「嗯，有點事。」

正樹與遙香肩並肩在莉嘉身旁坐下。

「差點就趕不上了耶。人家是你的青梅竹馬，你要早點來嘛。」

「我知道啦。」

正樹回答的同時，舞台的布幕從正中央一分為二，緩緩往兩側拉開。在觀眾的鼓掌聲中，穿著戲服的由美出現在舞台上，臉上沒有半點不知所措與躊躇。一名演員站在那裡。

「哦，真的要演啊。」

莉嘉語帶敬佩地說。由美站在舞台上大聲說出台詞。看著這幅景象，莉嘉對一旁的正樹問道：

「你知道綠野仙蹤的故事在講什麼嗎？」

「知道。」

「那風間同學呢？」

「我不太清楚……」

「簡單說，主角桃樂絲和想要智慧的稻草人、想要勇氣的獅子以及想要心的錫樵夫一起旅行，最後發現每個人想要的東西自己原本就擁有。乍看是個讓人感動的故事，不過我認為自信必須有明確的形狀才能拿在手中，就像看到考試分數後才得到自己擅長念書的自信。如果再怎麼努力都沒有好成果，那就絕對不會有自信。」

「……這和現在有什麼關聯？」

「沒有啦，只是在想由美到底是怎麼找到自信的。」

「是因為妳。」

正樹這麼回答，莉嘉卻是一頭霧水。

「由美想在這次的話劇把主角演好，向妳證明她已經跟以前不一樣了。為那時候——在空地打棒球的時候背叛了妳的期待而道歉。」

「……對我道歉？」

莉嘉轉頭看向舞台上的由美。她扮演的桃樂絲被吹到奧茲國，為了回到堪薩斯州，他們的旅程正要開始。

「那時候有錯的人是我，由美沒做錯任何事吧。」

「是沒錯，但她想揮別過去。說穿了就是她任性地想這麼做，所以要不要接受她的道歉，妳來決定就好。」

「這樣……」

很卑鄙耶——莉嘉喃喃說著，但她心裡一點也不覺得站在舞台上的由美卑鄙。

由美原本承擔不起失敗的壓力，現在卻當著許多觀眾的面扛起主角的重擔。光是這樣就能明白她有多努力，莉嘉當然不可能跟她說她的努力都只是白費功夫，因此莉嘉的答覆也已經想好了。

曾說出口的話掠過莉嘉的腦海。

——只靠區區園遊會就能克服嗎？老實說，我覺得會以白費功夫收場——

即使是現在，莉嘉還是不認為這番話錯了。但莉嘉覺得自己無法對現在的由美說這句話，不僅如此，心中某個角落還開始祈禱話劇能平安落幕。

坐在莉嘉身旁的正樹瞄了她一眼後，察覺口袋裡的手機在震動。拿出一看，收到的簡訊寄件人是由美。讀過文中內容後，正樹揚起嘴角一笑。

然後——

「果然未來能改變嘛。」

他低聲說出感想。

大概二十分鐘吧。

由美飾演主角的綠野仙蹤全劇沒有發生任何突發狀況，平靜地迎接落幕，充分展現了將近一個月努力的成果。因為所有演員謝幕時，觀眾回以熱烈的掌聲，而掌聲在布幕落下後還持續了好一段時間。

4．不努力的理由

隔天。

正樹為了園遊會的善後工作來到學校。

鬼屋的布置接連從教室卸下，花很多時間製作的道具和裝飾瞬間解體，就像園遊會的面具剝落後露出校園原本的面貌。

「大的先堆在那邊，小的就用這個垃圾袋集中。」

井上在台上仔細講解垃圾分類的原則，大家則是興高采烈地一面閒聊一面動手，因此井上得不斷重複同樣的說明。

正樹的職責是將裝滿的垃圾袋送到垃圾場。他嫌拆除裝飾這類工作太繁瑣，搬運垃圾的工作比較輕鬆。

在垃圾場，正樹恰巧撞見由美。

「嗨，昨天辛苦了。」

「正樹也辛苦了。我聽說了，鬼屋生意超好的，雖然我覺得那樣算犯規。」

「哦，原來妳知道喔？」

「為什麼一副得意的表情？大家都知道了啊。」

「哼哼，這樣我也算是名人了吧？」

「不算正面的名氣就是了。在那之後有沒有被老師罵？」

「沒被罵，老師只是很傻眼。」

「那更糟吧。」

正樹將垃圾袋扔到垃圾場，決定停下腳步與由美閒聊一下。反正動作太快也只會讓自己的工作量增加。

「昨天的話劇，老實說我沒想過妳能辦到。」

「所以你其實沒相信過我？真過分耶～～」

「是指妳超越了我的預期啊。」

「還真會說。」

「結果呢？緊張時腦袋一片空白的狀況已經解除了嗎？」

「不曉得，還沒辦法確定，不過昨天是沒事。」

「哦～～那有跟莉嘉道歉了嗎？」

「嗯。」

由美露出不帶一絲陰霾的微笑。

「對了，正樹，那支手機你還帶在身上嗎？」

她指的應該是那支有問題的手機吧。

「有啊，怎樣？想用喔？」

「開什麼玩笑，我才不要。」

由美渾身散發出抗拒感。也許那支手機對她造成了新的創傷。

「其實昨天我想了一下寄到那支手機的簡訊的規則。」

「有什麼發現？」

「這只是我的推測……」

由美先如此聲明後，開始說明：

「首先，把簡訊內容視為來自未來的訊息應該沒錯。問題在於，為什麼有些簡訊會留在收件匣，有些卻消失了？還有究竟是誰寄來的？這兩部分。」

首先是收件匣的問題。

「我猜想，如果事件發生的結果符合來自未來的簡訊內容，簡訊就會留在收件匣。相反的，如果結果跟未來不符，簡訊就會從收件匣消失。」

於是井上的「好想跟谷川同學一起當執行委員」和母親的「快點送錢包來」消失，而由美的「拜託別抽到我」則留下。

「接下來，簡訊的來源——也就是寄件人，我想登錄在手機通訊錄的人都在範圍內，只要散發的意念夠強烈，就可能會傳來。」

「是指光是想想而已就不會變成簡訊傳到手機？」

「這只是我的推測，還有很多搞不懂的問題就是了。而且這種莫名其妙的東西還是不要相信比較好。」

由美轉身朝著教室邁開步伐。

「所以，我建議你別太依賴那個喔，也許會像我一樣落得受傷的下場——就這樣，我回教室了，掰掰。」

由美背對正樹揮了揮手，漸行漸遠。目送青梅竹馬離去後，正樹低頭看向手中的手機。

能接收未來訊息的機器。這方便的道具現在還存有許多疑點，不過正樹決定別想太多。

「簡單說，別搞錯用法就好了吧。」

只是這樣的話，有個問題讓正樹好奇。

這支手機原本的主人為什麼會捨棄它？

有什麼理由拋棄這麼方便的道具嗎？

正樹開始思索這個問題。

◇

同一天，遙香班上發生她始料未及的事。

距離校內合唱比賽已經不到一星期，愈是認真參與練習的同學愈能感覺到如臨大敵的緊張感，而且這種氣氛逐漸攀升。

之前頂多在音樂課練習合唱，放學後同學們就直接離開教室朝各自要去的地方鳥獸散，但今天不同，班上的朋友對遙香說：

「其實喔，如果只是放學後練習一個小時左右，音樂老師說願意陪我們。」

「咦？什麼意思？」

為什麼練習需要找音樂老師？

遙香提出疑問，朋友則稍微壓低音量說：

「因為宮島同學的鋼琴伴奏完全不行嘛。我想請音樂老師幫忙，之前已經先去拜託了，所以才會這樣。」

「等一下，那宮島同學要怎麼辦？」

「她不想練習也沒辦法吧。」

「所以就是要請音樂老師來伴奏？」

「嗯，其實老師也已經答應了。」

「咦……我現在才第一次聽說這件事。」

「那個，因為妳好像很執著要宮島同學伴奏，我也不好說出口。」

看來在遙香不知情的時候，事情已經有了別的進展。

換言之，現在已經沒時間繼續說服莉嘉。

「可是大家都知道這件事嗎？」

「還不是所有人，但已經得到滿多同學的贊同了。」

友人說著環顧四周，只見其他同學像是等待許久般一個接一個點頭表示贊同。

「所以大家已經決定要換掉宮島同學，請老師伴奏了。」

「怎麼會……」

遙香啞口無言，這時莉嘉來到身旁。

「怎麼了？剛才有人叫我？」

「咦？啊、那個……」

遙香因為她的質問而支支吾吾，朋友便直截了當地說：

「因為宮島同學好像不想伴奏，我們已經請老師幫忙了，應該沒關係吧。」

「咦……嗯，說的也是，我也覺得這樣比較好。」

這樣就放下一個重擔了——莉嘉輕鬆地笑了。同學們見狀也露出順利解決一件事的安心笑容，只有遙香滿心困惑。

這樣真的好嗎？

就現實面而言，這確實是正確的辦法，莉嘉自己也說這樣輕鬆多了。

但遙香還是無法接受。

剛才莉嘉展露的笑容，在遙香眼中是帶著一抹落寞的複雜笑容。

所以——

「等一下。」

遙香獨自一人提出異議。

「這樣真的好嗎？大家和宮島同學都這麼覺得？」

同學們對彼此交換了「有什麼不好」的眼神，莉嘉則是無所謂地回答：「很好啊。」

「真的好嗎，宮島同學？」

「哪有什麼好不好的？我昨天不是說過了嗎？已經太遲了，練習伴奏至少要一個月的時間，而且我也不想努力，懂了嗎？」

「可是……」

這時一名男同學大聲說：

「別管她了啦。有個擺爛的傢伙在，只會給想努力的人帶來麻煩而已。」

遙香聽到對莉嘉充滿敵意的話語，原本要出聲反駁，莉嘉卻搶先同意了。

「就是這樣啊。而且我很忙，繼續纏著我的話，我也很傷腦筋。」

「很忙？我想也是。」

男同學曖昧的口吻讓莉嘉皺起眉頭。

「……什麼意思？」

「沒時間和我們練習，倒是有時間和不知哪來的中年大叔見面。」

「什麼？你在講什麼……」

「我某天看到妳在車站前等人啊。那就是妳的打工吧，畢竟有拿錢嘛。」

男同學帶著譏諷的話語一出，四周隨即冒出竊竊私語的聲音。所有人的腦海中都浮現了「援助交際」這個詞，冰冷的視線也隨之集中在莉嘉身上。

不過她本人卻以瞧不起人的態度笑道：

「就算你說的是真的，那又怎樣呢？和合唱比賽有什麼關聯嗎？況且這樣礙到誰了？應該沒有吧？」

「已經很礙事啦。大家都拿出幹勁了，妳明明是鋼琴伴奏卻老是敷衍了事。」

「我打從一開始就說過了吧？我本來不想彈，最後接受伴奏是因為隨便彈彈也不會有人抱怨。是你們後來又覺得應該努力，把我也算在裡頭，這樣不也很任性嗎？」

「既然這樣，妳在大家決定要努力練習時就應該辭退伴奏啊，幹嘛一直賴著不走啊？」

「我哪有賴著不走……」

「好了，總之妳閃邊啦。人家在努力的時候妳一副沒心要做的樣子，光是這樣就已經很礙事了。」

「努力？哦～所以是以優勝為目標在努力喔？」

「就算沒拿到優勝也……」

「努力這種東西，只有拿到結果才有意義；沒留下成果，那就只是徒勞無功，或者該說是白費功夫？」

「妳這女人講話還真酸耶……」

「我討厭酸人也不喜歡被酸。先走了。」

莉嘉說完便衝出教室。她的朋友立刻拿出手機想聯絡她，卻打不通。剛才的男同學再度譏笑說：「煩人的傢伙消失，舒服多了。」瞬間，有隻室內鞋飛過來掠過男學生的頭。

「幹什麼啊！」

「胡說八道！」

莉嘉的朋友打斷男同學的怒吼，拉高音量。

「莉嘉只是跟她爸見面而已！」

「……她爸？」

「莉嘉的爸媽沒有住在一起，莉嘉平常代替在外面工作的媽媽做家事，向爸爸報告弟弟的狀況。」

「可是有給錢……」

「就只是爸爸給女兒零用錢啊！」

在一片寂靜的教室內，遙香左顧右盼不知如何是好。剛才無法阻止爭吵，當下也無法收拾不斷擴散的沉重氣氛。因為拿不定主意而陷入混亂，最終遙香還是決定離開教室去找莉嘉。總之要先確認她的狀況。大概回家了吧？遙香取出手機，向同學問了莉嘉的住址後趕往她家，但途中不禁停下腳步。

假設能和莉嘉見上一面，自己真的能說些什麼嗎？遙香不知道自己該對莉嘉說什麼才好。不對，她不知道該怎麼維繫分崩離析的同班同學們。

莉嘉的意見以及班上同學的想法，她都能理解。

就因為能夠理解，所以什麼也說不出口。

遙香懊惱地走在路上，不停地抱頭苦思：「該怎麼辦？」

該怎麼辦才能讓全班的心凝聚在一起？

不知道。自己該做些什麼才好？

可是光想也想不出解決的方法。

這種時候，篠山正樹會怎麼做？

如果他在身邊，究竟會說些什麼呢？

遙香心中不抱期望地妄想，抬起原本俯著的臉。就在這時，她因為眼前的景象愣住了。

「……你怎麼會在這裡？」

不知為何，揹著書包、身穿制服的篠山正樹就站在眼前，是白日夢或幻覺嗎？遙香甚至開始懷疑自己的腦袋已經失常，但似乎並非如此。

「嗨。」

「喂，你嗨什麼啊——你怎麼會在這裡？」

正樹從口袋拿出有問題的手機。

「其實是這玩意兒一直收到妳和莉嘉傳來的簡訊啊。感覺好像出了什麼事，我就過來了……妨礙到妳了嗎？」

是的話我就回去了——正樹轉過身。然而，這時他的衣角被人一把拉住。轉頭一看，遙香揪著他的制服下襬留住他。

「跟我來。」

正樹露出了然於心的笑容。

「知道啦。」

在莉嘉住的公寓附近，兩人終於追上了莉嘉。

「宮島同學！」

「風間同學，妳真的很煩人耶……怎麼連正樹都在？」

「一言難盡啦。」

「啥？」

莉嘉似乎對正樹有許多怨言，但她還是先將目標放在遙香身上。她用銳利的視線瞪向遙香。

「話先說在前頭，合唱比賽的伴奏我不幹了。反正你們已經決定要請老師來了，這樣就不需要我了吧？」

「不是這樣。老實說我重視的不是伴奏的成果，最重要的是想和大家同心協力、一起努力看看。如果宮島同學無論如何都不願意伴奏，那也沒辦法。但是妳願意加入歌唱部一起唱嗎？」

「怎麼可能啊。」

「如果是這樣，我就沒辦法接受剛才的提議。我覺得如果宮島同學真要全力去做，那一定就是鋼琴伴奏。」

但莉嘉深深嘆息。

「拜託，我昨天講過了吧？我就是沒興趣去努力。」

「為什麼？宮島同學，能不能告訴我理由？」

「為什麼非得告訴妳不可？」

「因為我搞不懂，為什麼不願意努力？希望妳告訴我。」

遙香認為那才是問題的根源，也是一切的元凶，搞不懂那一點就無法與莉嘉溝通。

「也沒什麼大不了的。」

「既然這樣，為什麼要對『不努力』這麼執著？」

「我說了，沒什麼大不了的理由，就只是以前努力過但沒有回報，我就放棄了。」

「光是這樣就會變得不想再努力？」

「……妳很煩耶。」

莉嘉咬緊牙根。

「就算拚命努力，最後還是會以白費功夫收場。過去都是這樣，只要努力，旁人就會覺得期待，拿不出結果就只會讓期待的人失望，也讓心裡期待的自己失望。所以我不想努力，懂嗎？」

「害怕回應不了期待，所以不想努力的意思？」

「是啊，沒錯。」

莉嘉自暴自棄地撂下話。

小學時，母親幫莉嘉安排了鋼琴課。母親要她認真練習，她就認真去做，努力練習。但是在參加地方上的鋼琴比賽時目睹了現實——她連任何一個獎項都拿不到。

母親對懊惱的女兒這麼說了——

真是可惜啊，不過下次一定沒問題，更努力一點吧。

所以莉嘉付出更多時間，不斷練習。

但結果還是一樣。無論再怎麼努力，還是無法在比賽中得獎。屢次挑戰卻總是得不到想要的結果，每次都讓母親失望。

見到母親的反應，莉嘉也逐漸喪失自信，萌生一個念頭。

截至今日，我的努力究竟是為了什麼？花了那些時間究竟有什麼意義？

那一切瞬間失去價值，莉嘉理解了努力有多麼空虛，同時也失去所有動力。

「所以我不想努力，反正努力也只會白費力氣。」

「……妳覺得合唱比賽也會一樣？」

「我反倒想問妳，區區合唱比賽能留下什麼東西？」

莉嘉對遙香的疑問嗤之以鼻。

「合唱比賽得到冠軍也沒有意義吧？拿個只有校內承認的獎沒有任何價值，所以合唱比賽再怎麼努力也沒有用。」

從現實的角度來看，莉嘉說的並沒有錯。

然而遙香搖頭否定。

「宮島同學，我——不只是我，大家為了合唱比賽努力練習，不是想要得獎，是為了留下屬於我們的回憶，為了投入一個自己覺得開心的活動。」

「回憶？那有什麼意義？」

「沒有什麼特別的意義啊，就只是個遊戲嘛。」

「遊戲……妳在跟我開玩笑？」

「我很認真喔。」

遙香露出遙想過往的眼神，娓娓道來。

「我啊，小時候身體不好，常常沒辦法上學。這時因為一個小小的契機，我開始跟人用信件往來。」

「跟誰？」

遙香瞥了身旁的正樹一眼，只見正樹表情尷尬地挪開視線。遙香輕笑道：

「這個嘛～～……是個當時比我年長的男性。」

「當時？」

「那個人在明信片上寫滿了快樂的校園生活，跟老是躺在家裡床上的我天差地別。我當時很羨慕，我也想和大家一起體驗多彩多姿的校園生活……不過，那全都是騙人的。」

「騙人的？」

「其實那個人過著很無趣的生活。知道這件事的時候，我打從心底失望了。因為被騙，我開始覺得什麼青春都是騙人的，在園遊會或運動會選執行委員的時候，儘管有自願的念頭，但每次回憶起那個筆友，我就會失去動力。」

「那為什麼這次的合唱比賽妳會改變想法？」

「因為當初那個筆友真的回到明信片上所寫的生活了，也就是我當初嚮往的對象真的現身了。」

「所以自己也想努力看看？」

「嗯，因為我覺得如果不加把勁，以後一定會後悔。」

「所以妳才一直纏著我……」

「而且啊，宮島同學，努力究竟是不是白費功夫，有時候要到很久以後才能知道。因為我花了七年，才發現寫在某一張明信片上的真正的心意。」

過去篠山正樹寄來的八封明信片，讓遙香真正懂得暗藏其中的情感是不久前的事而已。

「過了七年才發現……？」

「對啊。而且仔細想想，如果能做好鋼琴伴奏，宮島同學過去的努力也就有回報啦。」

「這……」

「所以說，拜託妳，可以請妳和我們一起努力練習嗎？」

「……」

仔細一想，遙香因為這樣就把全班同學都算進去或許很任性，但她選擇不說謊，坦承以對，這是她的誠意吧。

另一方面，莉嘉短暫思考後說：

「風間同學的心情我明白了，為什麼一直被拒絕還是不肯放棄地纏著我，我也已經懂了，但伴奏的事還是辦不到。」

「無論如何都沒辦法幫這個忙嗎？」

「講個比較現實的問題，鋼琴伴奏其實比想像中困難，也需要練習，至少要一個月。坦白說，事到如今才開始練已經太遲了。」

「那有什麼關係？」

正樹說：

「就像我們學校的棒球隊，雖然永遠都撐不過第二輪，但大家都滿開心的啊。雖然每個人都離完美很遙遠，但用盡心力去做才會開心，我覺得這樣就夠了，再說——」

正樹一臉得意地添上這一句：

「練習的地點已經準備好了。」

「……啥？」

遙香與莉嘉兩人都一頭霧水。

「這附近沒地方能練琴吧？再說根本沒有鋼琴，所以我已經準備好能讓妳練習到深夜的地方了。」

「……你手腳也太快了吧。你說的地方是哪裡？」

莉嘉一問，正樹便露出賊笑。

「妳以前上課的鋼琴教室。我來這裡之前先去解釋過狀況了。」

「哦？所以你之前就預知我會被說服，但是因為沒地方練習而煩惱？」

「就是這樣，妳的煩惱的確傳到我心中了。」

「……你在說什麼啊？」

這當然是玩笑話。因為正樹擁有的有問題的手機已經收到遙香成功說服莉嘉，卻苦無練習地點的簡訊。

因此正樹事先做好了準備。

「不過就算能練到很晚，我要住在哪裡啊？」

聽到莉嘉這麼問，正樹理所當然地回答：

「住由美家不就好了？」

「人家同意了嗎？」

「現在正要談。」

「咦咦咦～～……不過我不知道由美的手機號碼。」

「我告訴妳啊。」

面對不斷演變的情境，莉嘉有種心情還跟不上的感覺。但是聽了遙香的真心話後，莉嘉覺得就這樣配合她一次或許不差。

如此一來，終於能讓所有同學一起參加合唱比賽了。

遙香原本這麼認為，但接下來便從莉嘉身上得知什麼是真正的「拚命」。

莉嘉說練習時需要有人在身旁陪唱，讓她配合節奏，因此遙香也必須一起練到深夜。

「那我要住在哪裡？」

遙香這麼問，莉嘉的視線轉向正樹。

「借住他那邊不就好了？」

「……咦？」

「……咦？」

正樹與遙香同時發出呆愣的聲音。

「等一下等一下，這不行吧。」

正樹不曉得未來會演變成這樣。也許是因為找到了練習地點，這些行動讓未來發生了改變。

「有什麼不行？」

「那個，年輕男女同住一個屋簷下……」

「正樹會對風間同學下手的意思？」

「怎麼可能。」

「不會喔？該不會正樹你……」

「是、是怎樣啦？」

「喜歡男生？」

「才不是！」

正樹斬釘截鐵回答。不過問題並未解決。畢竟決定權在家長手中，之後的問題就交給父母去煩惱吧——正樹這麼想著。

既然遙香這樣力勸莉嘉參與練習，她當然也得跟著外宿。但她說她要取得父母的同意，便打電話回家。

站在與她隔了一段距離的地方，正樹對莉嘉說：

「真的可以嗎？」

「事到如今你才問這個喔？哎，我會試試看啦，畢竟由美也那麼努力了，我不加把勁不像話吧。」

「有道理。」

正樹從口袋取出有問題的手機確認時間。就在正樹要把手機放回口袋時，發現了莉嘉的視線。她直盯著正樹手中的手機瞧。

「舊型手機有這麼稀奇喔？」

「不是，不是那樣……」

莉嘉欲言又止，正樹追問老半天，她終於放棄堅持，點了點頭並告訴正樹：

「其實那支本來是我的手機。」

「……咦？」

接下來莉嘉說的內容令正樹震驚不已。

正樹抵達家門後領著遙香走進玄關大門，扯開嗓門大喊：「我回來了。」母親的招呼聲隨即傳來，正樹呼喊母親要告知遙香來了。

母親從廚房探出頭，看見遙香的確來了便走到玄關。

「哎呀，風間同學，怎麼了嗎？」

母親似乎相當喜歡戴著面具的遙香。她初次造訪的那天晚上，母親追問他們的關係之後還叮嚀：「如果是女朋友，可別隨便放手。」恐怕在母親的妄想中，未來媳婦的情景已經成形了吧。

「希望您能讓我借住一段時間。」

「咦？一段時間？不是只有今天晚上喔？」

不理會吃驚的正樹，母親對遙香問道：

「哎呀呀，為什麼呢？」

「那個，有點難以啟齒……」

因為最近要在車站前的鋼琴教室練習到很晚，需要有個住處。

遙香老實地解釋了合唱比賽與莉嘉練習的需求，母親露出滿臉笑容答應遙香，接著又提起深夜要從鋼琴教室回到正樹家的路程。

「練習結束後就打電話來，我會派正樹去接妳。」

「為什麼是我！」

「真的很謝謝您。」

「要道謝也該是向我道謝吧。」

正樹有點不滿，但他決定別太在意，自顧自地走上二樓。他在房內換上居家服後，母親帶著遙香走進房間。

「那風間小姐今晚就住這裡吧。」

看來母親已經答應讓遙香暫時借住。

不過這件事先放一旁。

「等一下，如果遙香要用這個房間，那我要睡哪裡？」

正樹提出異議，母親短暫思索後回答：

「再怎麼說也不能睡同一個房間，你就睡客廳吧。」

「媽妳不覺得這樣很可笑嗎？」

「這個嘛，確實是讓人有點想笑。」

「不是那個意思，我是說這樣不合理吧。話說，是有什麼好笑啦。」

「臉不要這麼紅嘛……用不著害羞啊。」

「我是在生氣！」

正樹堅決反抗的時候，遙香突然開口表達意見：

「那個，我睡同一個房間也沒關係。」

「不過風間小姐……」

「沒問題，我相信正樹同學。」

「真的可以嗎？」

「是的。」

「這樣啊……那我之後再拿風間小姐的被褥過來吧。」

「麻煩您了。」

母親好像覺得遙香都這麼說了，就順她的意好了。不過正樹覺得這未免太奇怪了，為什麼母親不信任自己的兒子，卻相信認識不久的女生？太不合理，這絕對有問題。

母親無視正樹的不滿，離開了房間。

因為正樹的哥哥久司搬出去住了，晚餐時篠山家已經許久沒有四人一起用餐，常常跑來玩的青梅竹馬由美到了晚餐時間也會回自己家。

然而今天的餐桌久違地坐了四個人。

父親、母親、正樹以及——

「風間小姐，別客氣多吃點啊。」

「謝謝您，我開動了。」

遙香保持一貫有禮的態度開始用餐。面具能牢固到這種程度，正樹不禁感到佩服。難道這樣不累嗎？還是說習慣之後就不會造成負擔了？

就像一般人面對長輩時能自然地使用敬語，對遙香而言那面具也同樣能運用自如。

吃完飯後兩人回到房間，正樹向她提出這個疑問。

遙香凝視著電視畫面，同時回答他：

「不知道，我已經分不清楚了，所以戴著面具的狀態也算正常吧。」

「這樣很讓人傷腦筋耶。」

正樹呆呆地看著電視，突然想到。

「妳今天不用練合唱？」

「宮島同學說她今天要背樂譜，不用我幫忙。」

「那今天也沒必要住在這裡嘛。」

「……嗯，是沒錯。」

「妳剛剛才發現的吧。」

「你很囉唆。」

就在這時，一樓傳來母親的呼喊，告訴他們洗澡水準備好了。

正樹與遙香互看一眼。

「那我就先……」

「這種時候不是該讓客人優先嗎？」

「不不不，妳又不是我邀請來的客人。」

「……」

瞬間，兩人用互瞪的方式猜拳。勝利者是遙香。

她贏得了先泡澡的權利，意氣飛揚地走出房間，但走出房門前，她轉頭看向正樹。

「啊，對了，你可別在我之後進去洗澡時做奇怪的事喔。」

「奇怪的事是什麼啦。」

「比方說……偷喝洗澡水之類的？」

「少廢話了，快去啦。」

看來得想辦法顛覆她心中篠山正樹的形象。

正樹在這一連串的對話之後這樣決定。

正樹在自己房間無所事事好一段時間之後，來到一樓前往廁所，瞥見父母都在客廳看新聞。這時傳來了說話聲。

「不好意思～～」

似乎來自浴室。那應該是遙香吧。

正樹在走廊上敲了敲更衣間的門，得到許可後推開門。更衣間跟浴室中間還有一扇毛玻璃門，可以看見門的另一頭有一個模糊的肌膚色澤。

「妳找我？」

「我找的不是你！」

這是遙香的第一個反應。

但正樹本來就想捉弄她，遭到拒絕也不介意。

「為什麼是你跑來啊！」

「哎呀～～我只是以為遙香同學真的這麼需要我。」

畢竟剛才被她懷疑會偷喝洗澡水，稍微反擊也不為過吧。

「反正我要找的不是你啦。」
「是喔？那我去叫我爸來。」
「去叫媽媽來！」
「叫妳媽來就好了嗎？」
「你家媽媽啦！」
「不過她現在好像很忙耶。」
「咦？是喔？她究竟在忙什麼？」
「和我爸在看電視。」
「幫我去叫她啦！」
「可以是可以，要幹嘛？」
「……洗髮精用完了。」
「喔，妳說那個喔。」
正樹從更衣間洗手台下的收納櫃取出了備用的補充包。
「放在這邊就好嗎？」
「啊，嗯，我等一下再自己拿。」
「知道了。對了……」

「怎樣？」

「需要洗髮帽嗎？」

「快點滾出去。」

正樹乖乖地走出更衣間。

遙香洗完澡後，輪到正樹進浴室、站在浴缸前。

剛才風間遙香泡過的洗澡水。

沒什麼好在意的，會刻意去想的人還比較噁心。

儘管理性這麼告訴自己，但那皮膚色的人影在腦海中揮之不去，妄想開始失控，清晰地描繪出她入浴時的情景。

「別鬧了，我還想保持正常……不對，也許我這樣才比較正常？」

身為一名健康的男生，這類妄想應該沒什麼不對。

正樹這麼想著，拿起木桶想撈出浴缸中的水淋向自己，但幾經思考後還是決定只用蓮蓬頭淋浴，走出了浴室。

在更衣間換上睡覺穿的大學T後，正樹走向廚房，倒了兩杯麥茶，端回二樓的房間。推開拉門就看到遙香坐在書桌前，看著正樹一大疊的回家作業。

「隨便偷看別人的東西很不好喔。」

「只是打發時間……我看你完全沒寫啊。」

「我習慣把好吃的留在後頭。」

「說穿了就是不見棺材不掉淚吧。」

「我不否認。」

遙香已經換上睡衣。那件眼熟的水藍色條紋睡衣應該是母親以前穿過的衣服。

房間像是以前久司還在家的時候，鋪了兩床被褥。

「妳還真的要住這裡喔。」

正樹喝著玻璃杯中的麥茶，將另一個杯子遞給遙香。

遙香對正樹的體貼露出有些訝異的表情後，喝了一口麥茶。

「我有聯絡過家裡了。」

「動作真快。」

「我的原則是今日事今日畢。」

「不愧是模範生。莉嘉那邊呢？已經聯絡她媽媽了？」

「應該有吧。」

「那就好。」

正樹將剩下的麥茶全部灌進喉嚨，盤腿坐在自己的那床被褥。

「那上學怎麼辦？從這邊出發嗎？」

「嗯，也只能這樣了吧。」

距離合唱比賽還剩六天，放學後預定跟同學一起練習，再到鋼琴教室練習到深夜。

「真的有種最後關頭的感覺。」

「是啊。」

「請加油吧。」

「你也好好加油，像是這些作業。」

「晚點再說。」

「現在馬上做，快點，我會教你。」

遙香拿起擱在桌上的整疊講義。

「意思就是要我現在開始念書？我死也不要。」

「反正之後還是逃不掉吧。我就說我會教你了啊。」

「我就說我覺得很麻煩了。」

「別人的好意就乖乖收下吧。」

「強逼人接受的好意和惡意沒什麼兩樣。」

「你再說一次。」
「事實就是如此。」
結果無論在哪裡，兩人總是會一言不合，然後互瞪。
兩床被褥隔著一段距離鋪在地上。
在關了燈的黑暗房間，彼此背對背躺著。
時鐘的秒針滴滴答答地走著。那聲音聽起來比平常更清晰，肯定只是錯覺。怦通怦通，胸口不斷傳來急促的鼓動，肯定也是錯覺。
「你睡著了嗎？」
遙香小聲問道。
「睡著了。」
正樹沒轉身就回答。
「是喔……那我可以小聲地自言自語嗎？」
「請自便，我也會講夢話。」
「你會回到棒球隊，是因為另一個風間遙香吧。」
「與其說因為她，不如說多虧她了。」

「你和那個風間遙香平常是怎麼過的？」

「也沒什麼特別的，而且我們相處的時間也不長。」

只是，如果要仔細分辨正樹對每個風間遙香的情感，最深刻的肯定是當時的那個風間遙香——徹底顯露本性的她。

如果沒能遇見她，現在大概也不會回到棒球隊，也不會遇見身旁的這位風間遙香。

「……」

也許篠山正樹喜歡的是那位風間遙香。

這樣的想法掠過腦海時，身旁的遙香開口：

「怎麼了，突然悶不吭聲？」

「沒什麼啦……想到我和當時的遙香，就某種角度來說，對彼此是最坦誠的關係吧。被她甩了巴掌，又讓她失望，讓她傻眼，但我還是能和她一起討論超常現象的各種可能，也可以戳破彼此心中最脆弱的部分。不過……」

也許她是自己最信任的人吧。

還能再見她一面嗎？還記得她解釋過平行世界的可能性，如果真的有平行世界，是不是能再見她一面？

不對，這樣不行。

如果去了那個時空，她會被崩落的土石掩沒而死。這種可能性連想都不該想。

正樹靜靜地搖搖頭想打消那個念頭，決定改變話題。

「就先不聊那個了。我比較好奇的是，妳是我至今從未見過的類型。」

「我？」

「隱藏自己本性的風間遙香，除了妳之外每一個都對學校活動很積極。」

「哦～～」

「從這角度來看，妳滿有新鮮感的。」

「什麼意思啊？」

「『原來世界上還有這樣的風間遙香啊～～』類似這樣的感覺。」

「世界上只有我一個風間遙香。」

「啊，說的也是——差不多該睡了。」

「那我就不自言自語了。」

「我也不說夢話了。」

之後兩人閉上嘴，窩到被子裡。

時鐘傳來秒針的滴答聲，聽起來比平常更響亮。

隔天早晨。

正樹從被窩悠悠起身，睡眼惺忪地打了個呵欠。突然間意識恢復清醒，他猛然轉頭看向一旁。昨晚遙香睡的那床被褥已經折好，擺在離自己一小段距離的位置，時鐘指針指著早上七點。

就在這時，房間的拉門被打開了。

「啊，你起來了啊？」

穿著圍裙的遙香站在門口。

「你媽說早餐準備好了，叫你快點來吃。」

正樹愣愣地打量著遙香。既然穿著圍裙，就代表她剛才在幫忙做飯吧。

「妳剛才在幫忙做飯喔？」

「當然，畢竟住你們家，幫這點忙是應該的——喂，幹嘛一臉無力的樣子啦。」

「因為早餐一定是吃炸雞塊吧？」

「為什麼講得這麼篤定啊。」

「不是喔？」

「……嗯，是炸雞塊沒錯。」

「我就說吧。」

「你很煩耶！總之我已經把話傳到了。」

目送遙香離去後，正樹也開始準備上學。過程中，傳來了手機的震動聲——是那支有問題的手機。究竟誰在這時候打來？正樹緩慢地拿起手機，睜大眼睛一看，是簡訊，寄件人是莉嘉。正樹察看簡訊內容時，表情也跟著轉為凝重。

遙香說要和莉嘉一同搭電車上學。

兩人是同班同學，一起搭車上學也是合情合理。但不知為何，正樹也與兩人一起。

遙香狐疑地問：

「你不用上學喔？」

「等下就會去了。」

「為什麼要跟著我們啊？」

「有點事情得到車站一趟。」

遙香一頭霧水地皺起眉頭，但在抵達車站時理解了正樹的目的。

莉嘉的母親在車站驗票閘口前等待。

「莉嘉，妳在做什麼？」

「呃，就是昨天訊息裡寫的那樣……」

「就那樣一封訊息，什麼也交代不清。我說過了吧，現在那孩子在準備應考，是最關鍵的時期。妳之前不是也說願意幫忙嗎？現在是怎麼回事？」

「那個，啟太也懂得做家事，況且也就一個星期而已。」

「我不是在說這個，我是在問妳為什麼就是不願意為家人著想？」

「我有啊。」

「那妳為什麼總是想做什麼就做什麼？」

「那是……」

「妳覺得家人的事怎樣都無所謂嗎？」

「不是那樣，我……」

「以前學鋼琴不也是這樣？比賽也沒拿到獎項，突然就開始去打棒球，又突然說要放棄練琴。妳到底想做什麼？想讓我傷腦筋是嗎？」

「……」

面對咄咄逼人的母親，莉嘉嚥下了所有的話。

正樹覺得也許這才是最根本的原因吧。

「有話就說清楚啊，莉嘉！」

「那個……」

正樹插嘴介入兩人之間。

「我想莉嘉同學的確有把家人放在心上。」

「咦……？」

「反倒是因為想太多了，才會做些讓人誤會的事。我覺得其實很多事只要說清楚就不會造成誤會了。」

「你到底在說什麼？」

「當初莉嘉同學會開始打棒球，還有放棄鋼琴，都是為了家人。」

正樹回想起前些日子從莉嘉口中得知的一切。

就在莉嘉告訴他那支有問題的手機原本是她的之後。

莉嘉小學時開始學鋼琴卻拿不出成果。看著苦惱的莉嘉，父母開始對立。

母親想讓莉嘉繼續練琴，父親則希望她做自己想做的事就好。

莉嘉聽了雙方的意見，在練習鋼琴之餘跑到空地打棒球。為了不讓母親失望而努力練琴，另一方面，為了滿足父親而盡情玩耍。當時的她認為這樣一來，父母就不會再爭吵了。

但他們的關係卻不斷惡化。母親責怪父親放任她玩耍，父親則反駁母親這年紀愛玩是當然的。

莉嘉想解決父母的爭吵。

就在她為此心煩時，聽聞了某個鄉土傳聞。

據說廢棄神社附近有個小神龕，供奉在那裡的神擁有維繫緣分的力量。

莉嘉覺得就是這個了。

為了吵到快離婚的父母，跟神明借用維繫緣分的力量吧。

莉嘉很快就找到了傳聞中的神龕，在神龕前雙手合十祈求。

這樣一來父母的爭吵就會終止嗎？

就在這個疑問閃過莉嘉的腦海時，母親要她隨身攜帶的手機響起。拿起手機一看，接到的不是電話而是簡訊，簡訊中寫著她對丈夫的煩惱。

想早點為母親除去煩惱。

想消除家中的爭吵聲。

這樣的機會在鋼琴比賽當天造訪了。

莉嘉的手機響起，收到了來自弟弟啟太的簡訊。

簡訊內容寫著：

——姊姊不彈鋼琴之後，爸爸和媽媽就不再吵架了。可是……——

於是莉嘉立刻決定放棄鋼琴。

希望父母的爭執能就此落幕。

然而，母親無法理解莉嘉突然的決定，滿心的疑問並非指向莉嘉，而是丈夫。

都是你的錯，都是你寵壞她了。

她們激烈的爭執遠超過以前每一次爭吵，直到兩人決定離婚才結束。

於是父母不再爭吵了。

當然莉嘉也無法接受這樣的結果。她帶著手機來到神龕前，對著神明嘶吼「大騙子」、「都是你害的」。為了退還神明的力量，她將那支可恨的手機扔進神龕裡。

這就是莉嘉長年來未曾對任何人透露的祕密，直到她看到正樹拿著眼熟的功能型手機才決定告訴正樹，是為了提醒正樹那支手機絕對不會帶人走向期待的未來。

聽完這一切，莉嘉的母親轉向女兒想確認真偽。

「莉嘉，這些都是真的？」

「……嗯。」

「為什麼沒有馬上告訴我？」

「呃，對不起。」

「一直道歉我也不會懂，好好說清楚。」

「……嗯。」

話雖如此，這次的練琴事件並沒有就此落幕。

「莉嘉，妳重視家人的心情我明白了，但這次到底是怎麼回事？好好解釋清楚。」

「……學校要舉辦合唱比賽，我負責鋼琴伴奏。」

「不過就是校內的合唱比賽罷了，還有更重要的——」

這時正樹連忙插嘴說：

「確實只是小小的校內比賽，但我覺得那也很重要。可以請您考慮一下莉嘉同學的心情以及她的立場嗎？」

「莉嘉的心情？」

正樹沉沉地點頭。

莉嘉過去在鋼琴比賽一直背叛母親的期望，因此對母親懷抱著歉疚，也讓莉嘉無法說出自己的想法。儘管心裡有了想去做或希望母親協助的事，她也無法說出口吧。

事實上，今天早上傳來的簡訊也這麼寫著——

「我想努力到最後。」

既然如此，現在就不能退縮。

「莉嘉一直以來放棄努力有她的原因……不過這次她想再努力一次看看。所以……」

「是這樣嗎，莉嘉？」

莉嘉的母親打斷正樹。

「妳現在有想做的事？」

莉嘉起先不知怎麼回答，最後點了頭。

「也不是說想達成什麼，就只是想努力看看。所以，那個，我知道突然離家不對，但拜託媽允許我這一個星期做我想做的事。」

莉嘉低下頭。

早晨車站前的寧靜包圍著他們。

莉嘉的母親轉身背對女兒。莉嘉直覺那是拒絕，胸口感到一陣被揪緊般的窒息。沒想到下一秒，母親說：

「既然有想做的事就要說出口，我們是一家人。」

莉嘉倏地抬起臉。

「還有，既然決定要做，就要努力到底。」

母親說著「電車來了」便走向驗票閘口。莉嘉忍住差點浮出眼角的淚水，加快腳步追上母親的背影。

「所以你才跟來啊？」

留在原地的遙香對正樹說。

「哎，我能幫的也就這一點點而已。」

「我覺得很夠了。」

「那就好，我也要去上學了。」

「嗯，今天晚上記得來接我們。」

「到鋼琴教室對吧？我知道。」

說完兩人便前往各自的學校。

一週的練習對莉嘉而言太過倉促，重新尋回遺忘許久的手感、記起樂譜，與合唱部門配合節奏。要在一星期內完成這一切幾乎是不可能的挑戰。過程中莉嘉也不斷質疑自己，這麼辛苦練習會有什麼意義？反正一定會失敗，看不到成功的可能，努力到最後還不是白費功夫？但是既然開始了，就無法再退縮。

在音樂課和放學後跟同學們一起練習，夜裡再去鋼琴教室練到正樹來接兩人，把她們送往各自借住的地方。

如此充實的生活不知幾年沒體驗過了。

就算這麼努力，實際上場時會成功嗎？

再怎麼練習，不安依舊在心頭揮之不去。

於是合唱比賽這一天到了。

折疊椅整齊排列在學校的體育館內，除了學生還有來自校外的觀眾坐在會場，其中也包含了正樹和由美。

「正樹你知道這所學校合唱比賽的起源嗎？」

「咦？我不知道。話說妳怎麼會知道？」

「身為傳說研究會的一員，其他地方的傳統也沒問題。」

由美做出勝利手勢，燦爛地笑著說：

「你知道我們鎮上的神社過去曾經跟其他神社合祭吧。我記得你是聽你奶奶講的。」

「嗯，就是和鄰鎮的神社吧。」

「那個『鄰鎮』就是這個城鎮。這個鎮上的人們對遠道而來的神明這麼想——離開故鄉一定很寂寞吧？所以這裡的大家就定期舉辦熱鬧祭典、唱歌跳舞，這個傳統最後以合唱比賽的形式留下來了。」

「哦～～」

雖然好像跟原本的不太一樣了，但傳說和傳統也許大都像這樣吧。有些習俗不會隨時間改變，但也有些會隨之改變形式。唯一確定的是，無論是哪一種都是傳統。

正樹環顧四周。

外來的觀眾絕大多數是學生的家屬。雖然如此，數量實在不多。只為了合唱比賽特地跑這一趟，也許得相當寵愛自己的小孩才能辦到吧。事實上，正樹覺得要是由美跟他說：「今天有合唱比賽，你來看嘛。」除非真的閒得發慌，不然自己也不會到場。

這時，坐在身旁的由美敲了敲正樹的肩膀。轉頭一看，發現她指著某個方向，正樹沿著她的指尖看去，一名中年女性正要就座。

「莉嘉她媽媽來了耶。」

「真的耶。」

校內合唱比賽依序進行，雖然學生們被說一點幹勁都沒有，但實際上每個班級拿出的成果都經過相當程度的練習。

就要輪到遙香的班級了。

班上每個人臉上都掛著些許不安，一名少女在舞台邊的角落慎重地做最後確認——是莉嘉。肩膀僵硬，指尖因緊張而顫抖，腦海中也許充斥著失敗的想像。

遙香將手放在她僵硬的肩膀上。莉嘉吃驚地轉頭看向遙香，遙香看見莉嘉眼中的怯懦，輕笑道：

「緊張成這樣不行喔，宮島同學。」

「可是，只要我失敗了，一切就會白費吧？沒辦法不緊張啊。」

「沒這回事，沒有什麼會白費，結束時妳就會明白。」

「……抱歉，妳是指什麼？」

在她開口發問的同時，時間到了。

表情緊繃的莉嘉走向舞台上的鋼琴，坐到椅子上，視線轉向台下的觀眾席。剎那間，意識從當下抽離，眼前的光景與當初不斷失敗的鋼琴比賽重疊。莉嘉連忙用右手緊抓住左手，像是為了壓抑顫抖。這樣根本沒辦法彈琴，該怎麼辦？就在焦急掠過腦海時，莉嘉在觀眾席當中發現了母親。

她來看了啊？

不，不對。

母親一直都在觀眾席上守候著她。

儘管每次比賽結果都讓她失望，她仍鼓勵莉嘉下次會更好，打從心底相信這孩子有一天一定會辦到。

可是先轉身逃走的是自己。

沒考慮過母親的心情就逃走了。

然而，在那之後已經過了好幾年，母親依然在台下守候著自己。

莉嘉原先緊握的雙手倏地鬆開，手指恢復自由。這樣的話行得通。沒問題，可以彈。

視線無意間從鋼琴鍵盤抬起，掃過同學們的臉。他們的嘴脣開闔，雖然聽不見在說什麼，但莉嘉大概猜得到內容。

莉嘉一定辦得到。

大概就是一些不負責任的鼓勵吧。

真是太不講道理了，我可是只練了一星期，到底是憑什麼根據說我能辦到？

儘管心中這麼想，莉嘉還是深呼吸一次，奏響了第一個音符。

演奏中，莉嘉的臉皺起好幾次。糟了，又失誤了。內心的怨言化作表情顯露在臉上，但莉嘉沒有逃走。對懂音樂的人來說，那肯定是不堪入耳的演奏吧。就算這樣，既然決定要做就不能途中放棄。

因為已經和母親約好了。

演奏感覺比想像中短暫。

在一次又一次的失誤中，演奏結束了。

莉嘉深呼吸，仰頭看向舞台正上方，額頭滲出的汗珠顯示她有多麼緊張。

練習時間果然太短了，和歌曲的節奏沒對好，就結果而言可說是失敗了。這樣的結果大家都不會接受吧？諸如此類的不安在心中盤旋。

莉嘉這樣反省著。

「辛苦了，很不錯啊。」

朋友安慰她。

莉嘉原本以為這句話是朋友的安慰，但同學們一個接一個拍了拍莉嘉的肩膀，稱讚她的演奏，究竟是為什麼？鋼琴伴奏的練習不夠充分，合唱的成果實在算不上好，但為什麼這些人都不責怪她？當莉嘉滿心疑惑地想著，遙香開口了：

「大家都很開心，那就很成功了吧。」

於是一旁的男學生附和道：

「話說，你們知道嗎？大家說有望得冠的班級是因為有音樂老師幫忙。那樣算犯規吧？看看我們，我們靠自己就辦到了，光是這樣就該給個獎項了吧？這都是宮島為大家努力的成果。」

「……我？」

「妳不是每天都練到很晚？所以是妳的功勞啊。」

眾人輕鬆地笑著。

莉嘉見到那幅情景，心裡想著。

國小在痛苦中努力練琴，也許就是為了這一刻，也許就是為了今天能與大家一同展露笑容。

當她這麼想的時候，過去認為一切都白費的努力剎那間轉變為珍貴的經驗。莉嘉對立刻改弦更張的自己也覺得傻眼，但意外地心中沒有一絲陰霾。

所以莉嘉露出跟大家一樣的笑容。

那似乎是自己已經遺忘許久的發自內心的笑靨。

校內合唱比賽結束，學生們各自踏上歸途。

莉嘉要回家的時候，在校門口發現了母親的身影。

「媽，妳一直在這裡等我？」

母親看到女兒走到面前，歉疚地說：

「事到如今我才發現，我好久沒看到妳笑了，是我奪走了妳的笑容啊。」

「沒這回事，做家事我也不覺得痛苦，而且我也希望弟弟能考進好高中。所以之後我也會繼續幫忙。」

「真的嗎？沒造成妳的負擔？」

莉嘉點頭後，母親鬆了口氣。

「謝謝妳。只是，以後如果妳有想做的事就要說出來。」

看著母親轉身要回家的背影，莉嘉思考著是不是該將埋藏已久的想法說出口。

如果世界上所有努力都不會是白費功夫，那麼為了避免與父親斷了聯繫而持續與他見面肯定也有其意義。

就在莉嘉想開口叫住母親的時候，她在學校的停車場見到了眼熟的轎車。那是父親平常開的車。為什麼會出現在這裡——心頭浮現疑問的同時，母親停下腳步，父親就站在眼前不遠處。莉嘉突然想到。對了，父親曾說過他會來看合唱比賽，但沒想到是說真的。莉嘉思索了一下，輕拉母親的衣角。

「媽，我有件事想拜託妳。我希望妳和爸再好好談過一次。」

母親想找藉口回絕，但最後無奈地嘆了口氣。

正樹察覺口袋中有問題的手機的反應，四處尋找莉嘉。就在她要坐進父親的轎車後座時，正樹叫住了她，拔腿跑到她眼前。

「這是妳的吧？還妳。」

莉嘉聽了輕笑回答：

「不用了，那個我已經不需要了。」

正樹的視線飄向副駕駛座，莉嘉的母親坐在那裡。正樹了然於心地點頭。

「這樣啊，再見啦。」

「嗯，再見嘍。」

說完莉嘉便坐上轎車，轎車隨即開走。

就在這時，一隻手從正樹背後拍上他的肩膀。轉頭一看，遙香站在眼前，開口就問他對合唱比賽的感想。

「這個嘛，沒有一個能比得上我們班的鬼屋吧。」

「是是是。」

「不過，真虧妳能帶領整個班級啊，不愧是風間遙香。」

「……這算是稱讚？」

「不管怎麼聽都是稱讚吧。」

「真的？算了，不追究。話說你接下來要做什麼？」

「也沒什麼事，大概就回家吧。」

正樹呼喚站在遠處的由美，隨後轉頭看向遙香。

「就這樣啦，再見。」

「嗯，再見。」

與遙香道別後過了幾分鐘，手機收到了簡訊。寄件人是莉嘉，簡訊內容描述著一家人圍繞著餐桌用餐的情景。

「啊！」

在正樹回想這一連串與莉嘉有關的事件時，突然想到過去。

為什麼七年前的賀年卡會剩下九張之多？

當時一起打棒球的朋友們，包括總是在場邊觀摩的由美，一共有十個人。換言之，不算正樹本人的話，還有九位。那是當時正樹為了寄賀年卡給每個人，拜託母親準備的。但棒球隊因為莉嘉離開而解散，在那之後跟由美以外的其他成員也逐漸疏遠，最後那些賀年卡就沒寄出去。

「啊，我都忘了有這回事，原來是這樣啊。」

正樹想起來龍去脈，點點頭。

不過這麼一來，事情就比想像中複雜了。

如果過去莉嘉的家庭沒有遭遇變故，篠山正樹與風間遙香就沒有機會相遇。

一想到這裡，正樹不禁思索著這樣的相遇真的值得慶幸嗎？

就在正樹這麼想的時候，手機收到的簡訊。

寄件人是遙香，內容如下：

——如果想待在他身邊，該怎麼做才好？——

這裡的「他」指的是篠山正樹嗎？這樣的話，會這麼想的她還真是可愛。不過不管指的是誰，自己最好裝作沒收到這簡訊吧。這也是為了她的名譽。

這時，正樹沒多想這封簡訊究竟是什麼意思。

隔天。

正樹一如往常起床，按照平常的習慣來到學校，將自行車停放在停車場之後參加棒球隊的晨練。棒球隊的夥伴們跟以前一樣聚在一起，一面輕鬆閒聊一面開始準備練習，在練習開始的時候吶喊。

與之前相同的日常生活。

稀鬆平常的一天。

晨練結束後，正樹脫下隊服、換上制服，前往教室。在走到教室的途中遇見井上，兩人就並肩走在走廊上。

「啊，對了。」

井上突然說：

「正樹，在園遊會的時候……」

「嗯？怎樣？又想問我起死回生的密技？」

正樹洋洋得意地說，但井上聽了納悶地皺眉。

「起死回生的密技？」

「喂，別說你已經忘了喔，因為我那招才救了你和谷川同學啊。」

「我和谷川同學為什麼需要你來救？」

「明知故問啊，因為我想的那招讓鬼屋的生意起死回生啊。」

「我是聽不太懂啦。你在園遊會幫鬼屋招攬客人喔？」

「幹嘛講得好像不關你的事？我們班辦的不就是鬼屋嗎？」

「……我說正樹啊——」

井上表情困擾地搔著頭。

「我們班是演話劇耶。」

「……什麼？」

正樹啞然地張著嘴。

「你在說什麼啊，那時候老師不是說餐飲類可能要做很多檢查，所以選了鬼屋嗎？」

「我才想問你在講什麼，鬼屋不是因為執行委員反對，最後只好放棄嗎？不過會怕成那樣的人也滿罕見的。」

「你幹嘛講得好像與你無關啊？執行委員不就是你和谷川同學？」

「什麼？我和谷川同學都不是執行委員啊。」

「……咦？」

牛頭不對馬嘴。

正樹正想繼續追問時，兩人到了教室，他只好先到自己的座位放下書包，然後想去找井上討論剛才的問題——然而這時，他發現教室內比平常還要吵鬧。

這樣的騷動，正樹有印象。

正樹轉頭看向吵鬧聲的來源，發現一群同學圍著某個座位。

似曾相識的情景。

是錯覺嗎？

一抹不安掠過正樹的心頭。

就算這樣，正樹還是告訴自己「不可能」，探頭看向人群的中心。

於是——

「為、為什麼……」

正樹感到愕然。

與同學們穿著同樣制服的風間遙香就在眼前。

就像過去一起度過的校園生活理所當然地存在於這裡。

「咦？到底是為什麼……」

難道過去再度改變了？

但究竟是為什麼？

有誰使用了過去的信件或明信片？

就算這樣，依然難以解釋……

正樹再也按捺不住，推開人群來到遙香眼前，粗暴的舉動讓旁人投以白眼，但正樹不在乎。走到遙香面前時，她對正樹露出了面對同學時的笑容，並且說了「早安」。但現在不是說早安的時候，正樹怎麼也無法面對那張面具保持平常心交談。他一把抓住遙香的手臂，告訴她有話要說，立刻帶她走出教室。

「咦？等一下，篠山同學，你突然這樣是怎麼了？」

「總之跟我來就對了。有話要跟妳說。」

「有話要說的話，在這裡也可以吧。」

在走廊上前進時，遙香以不安的語氣對他說道。

正樹感覺到一股難以言喻的心情。

以往的風間遙香絕對不會有那麼不安的聲音。

到底是怎麼回事？

儘管心中困惑不已，正樹還是把遙香帶到沒有人的屋頂上。

「好，那我要開始問了。」

「問、問什麼？」

遙香擺出保護自己的姿勢，用充滿戒心的眼神打量正樹全身。

「那個，找我有什麼事嗎？」

「現在不用跟我裝好學生。總之跟我解釋這是怎麼回事。」

「解釋什麼？」

「妳明知故問。我問妳為什麼會在這地方？」

「……今天的篠山同學好像跟平常不太一樣，怎麼了嗎？」

「妳才給我正常一點。」

「這是什麼意思……篠山同學好像怪怪的。」

「奇怪的是妳吧！」

怒吼的瞬間，遙香彷彿嬌柔的少女縮起肩膀，和平常的她相去甚遠。

「好了啦，用不著演戲了，就照平常那樣罵人啊。」

「我真的聽不懂你在說什麼。」

遙香眼眶泛淚，微微顫抖。

不對，妳不是這種個性吧？

「算我求妳，如果妳在演戲，拜託妳別再裝了。」

正樹懇求般靠近，遙香更加驚恐地縮起身子。

至今從未見過的模樣，有如小動物般嬌弱。

正樹腳步踉蹌地後退，隨後不禁嘀咕：

「……妳是誰？」

遙香露出警戒的眼神回答：

「風間遙香，和你一起入學的同學啊。」

後記

大家好，我是田边屋敷。

以下是責編為了本篇修改作業，用電話跟我討論時的情況。

『這邊的用詞，別寫「簡訊」，改用「已讀不回」如何？』

「『已讀不會』是什麼意思？」

『已讀不回。』

「『已讀不會』？」

『是已讀不回。』

「不會？」

『不回。』

「喔，你是說已讀不回啊。」

『……你懂什麼叫已讀不回嗎？』

「沒問題。」

『田辺老師都沒在用Line啊。為什麼不用？』

「我用的是功能型手機，光用電話和簡訊目前也沒什麼不方便。」

『哦，滿少見的呢。』

「真的嗎？」

『好像仙人一樣。』

「仙人……」

我這個作者是這副德行，但在成為作家出道前其實也想過「進到亞馬遜叢林的深處成為原住民的一分子，跟他們一起過著自給自足的生活也許滿有趣的」。

如今卻成為一名作家，人生還真是難以預料。

我的人生開始聽音樂是因為「高中時通勤時間很無聊」，在那之前我只覺得「聽音樂要幹嘛」，對音樂毫無興趣，現在則是待在家裡也會戴著耳機。

我對電影也沒興趣，心想反正都是虛構的。不過現在也會借片子回來自己一個人看。

閱讀也一樣，小時候我根本就不看書，只要看超過三行字就覺得累，現在我能把閱讀當作娛樂。

漫畫、動畫、遊戲，因為生長在沒機會接觸這些娛樂的家庭，學生時代的我相當缺乏這方面的知識。比方說對青年漫畫的認知——漫畫不就是小孩子從圖畫書畢業之後的讀物嗎？

怎麼會有青年漫畫這種東西？給青年看的圖畫書是怎麼回事？但現在我的書架上擺了整排的漫畫。

我自己對這些事情感觸良多，人還真的會改變啊。

在第二集的創作上遭遇到的最大瓶頸並非作品內容，而是我自己的某個問題。

就如同我的出道作，也就是本系列的第一集後記中所寫，花時間寫的作品在選拔中總是過不了幾關，沒想太多只憑著一股蠻勁寫的作品反而得獎了。那第二集又該用什麼心態去寫呢？耗費心力寫出來的是落選小說，對推敲不足的作品又沒有自信，在這樣矛盾的心情下開啟第二集的創作，就陷入遲遲沒有進展的窘境。

比方說，起初決定以A路線為主軸設計鋪排，但途中又覺得B路線也許更好而重寫，但寫到一半想想好像還是A比較好。類似的狀況不斷重演，白白花了很多冤枉的時間。

反省後，我想原因在於我無法有自信地取捨。

就在這關頭，我讀了某一本書，書名就不提了，內容在解釋決斷力的重要性。作者讀完後感到非常佩服。

我想就是在這個時候才真正開始第二集的寫作。

恐怕我今後也會像這樣在苦惱中繼續寫作，也希望能在一次又一次的苦惱中成長。

人是能改變的，一定沒問題。

肯定能像這個作品的主角篠山正樹一樣改變。

簡而言之，我想表達的是，總有一天作者也會拿起智慧型手機，用Line跟別人互相聯絡吧。

哎呀，不過不變也有不變的好就是了。

那麼最後。

這次也不吝幫忙我到最後的責編、再度為本作繪製插畫的美和野らぐ老師、各位相關人士，還有閱讀本書的讀者們，真的非常感謝你們。

今後我也會繼續努力，敬請多多指教。

©HAJIME KAMOSHIDA 2018

青春豬頭少年不會夢到嬌憐外出妹

作者：鴨志田 一　插畫：溝口ケージ

「我想讀哥哥上的高中。」
花楓下定決心，朝未來跨出一步！

咲太迎接高中二年級第三學期到來的這時候，長年熱愛看家的妹妹花楓說出沒對任何人透露過的祕密。咲太明知這是極為困難的選擇，還是溫柔地支持著花楓──「楓」託付的心意由「花楓」承接，朝未來跨出一步的青春豬頭少年系列第八彈！

各 **NT$220~260/HK$68~78**

©KUJI FURUMIYA 2016

Babel

古宮九時

插畫／森沢晴行

2

—劍之王與逐漸崩解的語言—

Kadokawa Fantastic Novels

Babel 1~2 待續

作者：古宮九時　插畫：森沢晴行

超過400萬人深受感動，
超人氣網路小說終於出版！

水瀨雫撿起怪異書本，回過神來就到了異世界。唯一的幸運之處是「語言相通」。雫與魔法士埃利克一同踏上尋找歸鄉之路的旅程。大陸上因為兩種怪病——孩童的語言障礙與連綿細雨所帶來的疾病，陷入極度混亂。異世界隱藏的衝擊性真相即將揭曉！

各 **NT$240/HK$75**

©Yukiya Murasaki · Keji Mizoguchi 2017

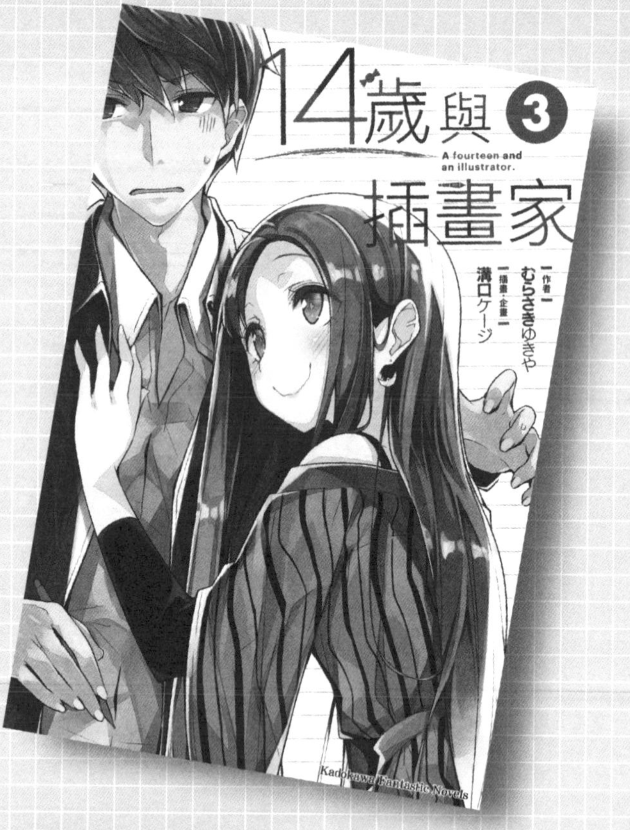

14歲與插畫家 1~3 待續

作者：むらさきゆきや　插畫、企畫：溝口ケージ

輕小說對插畫家而言就是一種成功的話回饋很高，但成功機率很低的工作。

插畫家京橋悠斗雖然從大型書系那邊接下了委託，但是姊姊京橋彩華卻插手搶走了那份工作，然而錦倒覺得應該別有隱情……？另外，美女插畫家茄子被問到「妳應該喜歡優斗吧？」時，顯得相當慌張，而十四歲的乃木乃乃香也開始對自己的心意產生自覺——

各 **NT$180~200/HK$55~65**

©Eko Nagiki, Sushi* 2017 / KADOKAWA CORPORATION

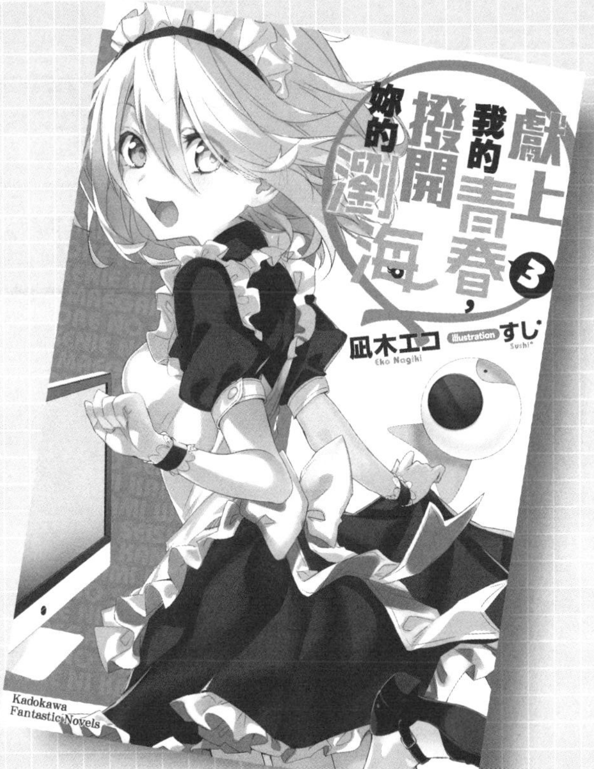

獻上我的青春，撥開妳的瀏海 1~3（完）

作者：凪木エコ　插畫：すし*

莎琉推銷計畫正進行得如火如荼，
她本人卻驚爆回國宣言!?

小櫻對我告白，莎琉也猛烈追求我。我被左右包抄!!此時，莎琉改善社交恐懼症的絕佳良機——校慶近在眼前。對兩位青梅竹馬的回覆，推銷莎琉的計畫……這可是高中生涯最大的一仗!!我才剛打起精神，莎琉就發表回國宣言!?

各 **NT$200~220/HK$65~68**

©2017 Tone Koken, hiro / KADOKAWA CORPORATION

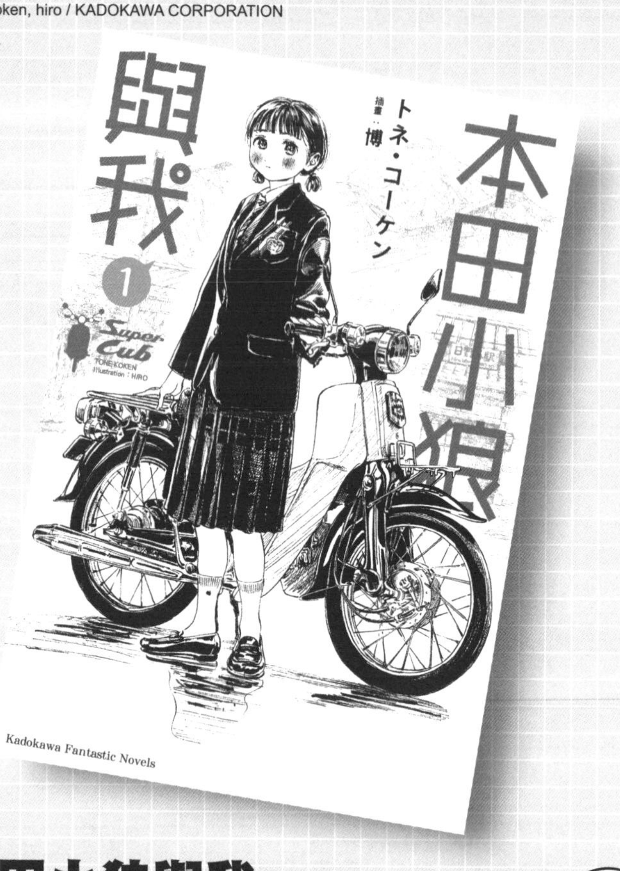

本田小狼與我 1 待續

Kadokawa Fantastic Novels

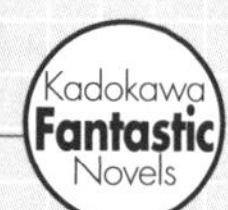

作者：トネ・コーケン　插畫：博

無依無靠的女孩子，和世上最優秀的機車，
編織出一段友情物語。

小熊就讀於山梨縣高中，舉目無親，也沒有朋友和興趣，這樣的她獲得了一輛中古的Super Cub。初次騎機車上學、沒油、繞路而行——讓她有種進行了小冒險的感覺。一輛Super Cub，讓她的世界綻放了小小的光輝。蔚為話題的「機車×少女」青春小說揭幕！

NT$200/HK$65

©Natsu Hyuuga 2014 / Shufunotomo Co., Ltd.

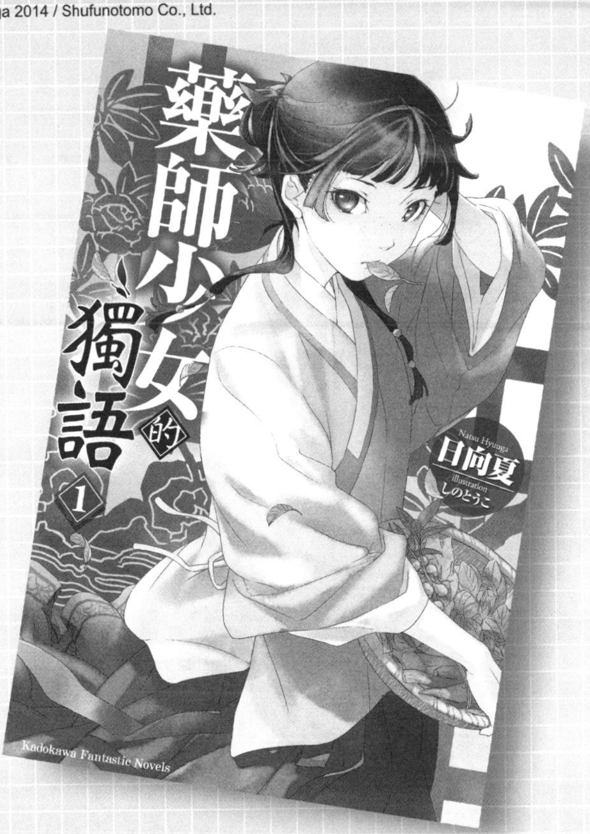

藥師少女的獨語 1 待續

作者：日向夏　插畫：しのとうこ

後宮名偵探誕生？
酣暢淋漓的宮廷推理劇登場！

位處大陸中央的某個大國，有位姑娘置身於皇帝宮闕之中。姑娘名喚貓貓，原在煙花巷擔任藥師，眼下則在後宮做下女。其間，貓貓聽聞皇子身染重病而開始調查病因——以中世紀東方為舞臺，名偵探「試毒」少女將一一解決宮中發生的懸疑案件！

NT$220/HK$75

©Fumiaki Maruto, Kurehito Misaki 2017

丸戸史明
插畫／深崎暮人
不起眼女主角培育法 13
Kadokawa Fantastic Novels

不起眼女主角培育法 1~13、FD、GS1~3 待續

作者：丸戸史明　插畫：深崎暮人

**和不起眼女主角之間的戀愛故事，
堂堂完結！**

克服「轉」的劇情事件，「blessing software」的新作也來到最後衝刺階段，而我下定決心向惠告白了。一切的一切，都起於那次在落櫻繽紛坡道上的命運性邂逅。儘管困難重重，正因為有同伴們一起逐夢，才得以彼此坦承的想法……

各 **NT$180~210/HK$55~65**

©Tsubame Kashimoto 2017

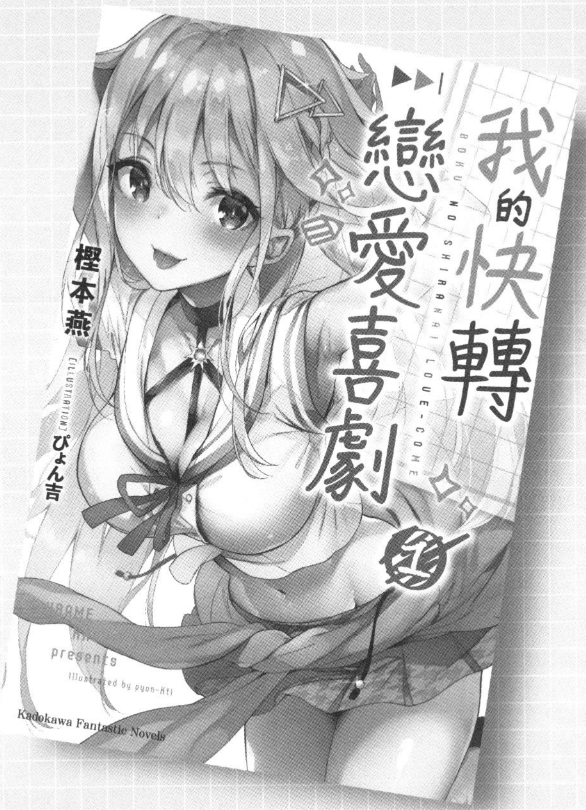

我的快轉戀愛喜劇 1 待續

作者：樫本燕　插畫：ぴょん吉

第13屆MF文庫J新人賞最優秀賞得獎作品！
戀愛＋快轉＝戀愛喜劇的新境界！

在遇過想盡快逃離現實的煩心事時，肯定會不禁心想，要是時間能快轉就好了。我——蘆屋優太就得到了這種能力！於是我活用快轉能力度日，沒想到不知不覺間就蹦出一個女朋友！對象還是班上的問題學生，柳戶希美？難道這場戀愛喜劇只有我被蒙在鼓裡？

各 **NT$220/HK$68**

國家圖書館出版品預行編目資料

P.S.致對謊言微笑的妳 / 田辺屋敷作；陳士晉譯. --
初版. -- 臺北市：臺灣角川, 2019.05-
冊； 公分

譯自：追伸 ソラゴトに微笑んだ君へ
ISBN 978-957-564-918-0(第1冊：平裝). --
ISBN 978-957-564-919-7(第2冊：平裝)

861.57 108003833

Kadokawa
Fantastic
Novels

P.S.致對謊言微笑的妳 2

（原著名：追伸 ソラゴトに微笑んだ君へ 2）

2019年5月22日 初版第1刷發行
2023年8月10日 初版第2刷發行

作　者：田辺屋敷
插　畫：美和野らぐ
譯　者：陳士晉

發行人：岩崎剛人
總編輯：蔡佩芬
編　輯：孫千棻
美術設計：吳佳昫
印　務：李明修（主任）、張加恩（主任）、張凱棋

發行所：台灣角川股份有限公司
地　址：104台北市中山區松江路223號3樓
電　話：（02）2515-3000
傳　真：（02）2515-0033
網　址：www.kadokawa.com.tw
劃撥帳戶：台灣角川股份有限公司
劃撥帳號：19487412
法律顧問：有澤法律事務所
製　版：巨茂科技印刷有限公司
ＩＳＢＮ：978-957-564-919-7

※版權所有，未經許可，不許轉載。
※本書如有破損、裝訂錯誤，請持購買憑證回原購買處或連同憑證寄回出版社更換。

TSUISHIN SORAGOTO NI HOHOENDA KIMI HE Vol.2
©Yashiki Tanabe, Ragu Miwano 2017
First published in Japan in 2017 by KADOKAWA CORPORATION, Tokyo.
Complex Chinese translation rights arranged with KADOKAWA CORPORATION, Tokyo.